JN210750
社畜勇者仕事辞めるってよ
1
岸本和葉
Kazuha Kishimoto
画 マニャ子
Manyako
モンスター文庫

『こんなところまで俺（私）を追ってきたか！』
元勇者 アデル
「魔王!?」

「勇者!?」
元魔王
イスベル

「か、仮にも俺だって男なんだぞ……」

クランマスター
レオナ
「ずいぶんとあっさり受け止めるねぇ。もう少し本気で行ってもいいかな！」

王
シルバー
「私の前で雄たけびを上げるなど、万死に値する」

社畜勇者、仕事辞めるってよ①

岸本和葉

MONSTER
bunko

社畜勇者、仕事辞めるってよ

退職する勇者

剣を振るのが嫌になったのは、いつからだろう。
生まれてすぐに勇者に任命され、人間を守るために魔物と戦ってきた。
魔物は人間の敵だからと。
魔族は悪の存在だからと。
魔王は悪の根源だからと。

『――この人殺し！』
いつだったたか、魔族からそんなことを言われた。
十五歳だった俺の心は揺らぎ、他の魔族から不意打ちを受けて三人の仲間を失った。
それでも戦いに勝利し、拠点に帰った後、俺は再びこんなことを言われる。
『この人殺し！』
失った三人の親族からの言葉。
俺が不甲斐ないから、力不足だから、未熟だから。

『どうして夫を助けてくれなかったの⁉』

『なぜ娘が死ななきゃならないんだ！』

『お前が守ってくれなかったからだ！』

『お前が殺したんだ！』

このときの俺はやけに素直で、彼らの言葉をすべて受け止め、自分の力を鍛えることに集中した。

がむしゃらだった。

魔物を狩り、戦いに身を投じ続けた。

『よくぞ、ここまで来た』

そして、気づけば歴代最強の勇者などと言われ、魔王の前へとたどり着いていた。

結果は俺がこうして語っている時点で、言うまでもない。


圧倒的勝利。

その言葉通りの結末へ行き着いた。

死にゆく魔王を眺めながら、俺は自分の心に問いかける。

なぜ喜べないのか、勝利が嬉しくないのかと。

しかし、答えを出す必要はない。

これで俺の役目は終わったのだ。


そのはずだったのだ――。

新たな魔王が誕生したのは、それから六年後。

二十二歳になった俺は、再び魔王討伐の任を押しつけられた。

新たな三人の仲間とともに旅に出て、少数精鋭で魔王城へと向かう。

一度魔王を倒した俺に、障害らしい障害はなかった。

魔王だけは別だったが……。

魔王城へとたどり着いた俺たちは、死闘の末に魔王をあと一歩のところまで追い詰める。


「終わりだ、魔王」

「っ……」

剣を振り上げ、その首を落とす寸前。

俺は魔王の兜《かぶと》の中に、涙を見た。

その瞬間には、剣を止めていたんだ。

すべて、どうでもよくなってしまった。


俺が剣を振る理由とは。

当然人間を守るため――のはず。

しかし、人間に守る価値があったのか。

命を奪う必要があったのか。

そもそも――俺が勇者であった必要はあったのか？

「……やめる」


そして現在。

俺は聖剣をしまい、魔王に背を向けた。

「俺、勇者をやめるわ」

倒れて呆然としている仲間たちの前に、逃走用の転移の魔石を転がす。

一応これまで一緒だった仲間だ。

もう魔王に止めを刺せる体力は残されていないだろうから、この場に残せば殺されてしまうかもしれない。

「こ、ここまで来て何を言ってるんだ！」

「そうよ！　魔王に止めを刺して！」

仲間の騎士と魔術師の声を無視し、俺は最後の転移の魔石を取り出した。

「どこへ……行くんですか？」

四人目の仲間の聖女が、すがるような眼で俺を見ていた。

「そうだなぁ……誰も知らないような村で、ゆっくり人生を過ごすよ。もう、誰かのために戦うのはこりごりだ」

そう答えると、聖女はすべてを諦めた表情を浮かべ、眼を閉じた。

俺の行為を見逃してくれるらしい。

後の二人は何か喚いているが、もう俺を止めることはできない。

「さよならだ」

俺は転移の魔石を砕いた。

これで俺は、遠く離れた街へと転移する。

俺の持つ装備を売りさばき、資金を作ろう。

家でも建てられるほどの金にはなるはずだ。

家を建てたら、畑を耕《たがや》そうか。

農業はまるで初心者だが、勇者の力を持つ俺には時間がたっぷりある。
何年、何十年、何百年。
そんな途方もない時間を、俺は自分のために生きるのだ。
最後に、ふと魔王の姿が目に入る。

なぜだか、兜《かぶと》の隙間から見える眼は、俺を羨《うらや》ましげに見ている気がした。
そんな魔王の様子が、俺が勇者として見た最後の光景。
こうして、俺は勇者をやめた。
勇者アデルの物語は、ここで終わったのだ。
これから始まるのは、ただのアデルが純粋に余生を楽しむ物語。
俺は絶対に、最高のスローライフを送ってみせる。

聖剣を売る勇者

俺が転移した先は、人間の領土で一番大きな都市、帝都――のさらに外れにあるスラム街。

貧民以外にも、犯罪者なども隠れているような無法地帯に来た理由は、俺の相棒である聖剣を売り払うためである。

いくら言葉で勇者をやめても、聖剣を持っている限り勇者と認定されてしまう。

こんな呪われた装備、さっさと手放してしまおう。

「確かこの先に……」

歩きながら、俺は姿を見られないようにローブについたフードをかぶった。

ボロ屋が立ち並ぶ道を進み、いくつかの路地を曲がる。

そうして行き着いた先は、どんなものでも買い取り、どんなものでも売り払う商人の店。

どんなものというのは、盗品や、いわくつきの一品のことを指す。

そんなものを取り扱っているのだから、当然客の情報を漏らしたり、足がつかないように管理している。

それがわざわざこんなところで聖剣を売る理由だ。

「……いらっしゃい」

店に入ると、カウンターにいる店主らしき男が迎えてくれた。

俺以外の客はいないらしい。

チャンスだな。

「武器の買い取りをお願いしたい」

「はーん、訳ありかい？」

「一応な。けど貴重な物すぎて、表の買い取り屋じゃ売れない。足がつきやすいからな」

「そうか、んじゃまずは品物を見せてもらおうか？」

俺は腰のベルトにつけていた聖剣を外し、鞘《さや》ごとカウンターに置く。

店主が息を飲む気配がした。

「勇者の聖剣だ。買い取ってもらえるか？」

「ま、待て！　まずは本物かどうかだ……」

店主の査定が始まった。

数分にわたり、剣の先まで何度も何度も舐め回すように見る。

それが終わると、店主は動揺を隠し切れない顔で戻って来た。

「……俺は聖剣なんぞ見たことがない。だからこれが本物の聖剣かどうかなんて分からねぇ。だがな、これがとんでもない上物であることは間違いねぇんだ。本気でこれを売るつもりか？」

「ああ。たまたま手に入れたもので、俺には使えない。そんなもの、金にした方が得だろ？」

「そりゃそうなんだがな……」

店主は俺が勇者なんて夢にも思っていないだろう。

どう考えても勇者が聖剣を売るわけがないからな。

聖剣は、勇者にしか使えない伝説の武器だ。

到底値段なんかつけることはできない。

しかし、『勇者から盗んだ聖剣』なら話は別だ。

買い取ったこの剣を、今度は勇者自身に売りつけることができる。

そうじゃなくとも、あくまで装飾品として欲しがっている貴族の連中だっているはずだ。

「……もしほんとに聖剣なら、欲張りな貴族はいくらだって金を出してくれる。たとえ聖剣でなくとも、これほどの上物なら買い手はすぐにつくだろう」

店主は考えた末に、両手で指を立ててこちらに向けてきた。

指の数は八本。

「金貨八千枚でどうだ？」

「八千枚か」

銅貨、銀貨、金貨とある通貨の中で、金貨はもちろん最大の単位だ。

銅貨一枚で串焼き一本。

五枚で一食分の食事ができる。

そして十枚で銀貨になり、さらに銀貨が十枚で金貨となる。

金貨八千枚ともなれば、家を一軒建てても三千枚ほどのお釣りが来る数字だ。

基本的には、俺のことすら知らないような山奥の寂れた村で隠居するつもりだから、生活は自給自足になるだろう。

三千枚も残っていれば、一生で使い切るかどうか分からない。

いざとなったときの保険として、大事に残しておこう。

「もっと高くつけてもいいんだがな……俺としてもこれが本物の聖剣と断言できないせいで、この程度の値段に収めるしかねぇ。こう言っちゃなんだが、他の店ならもっと高くつけてくれるかもな」

「いや、ここで売るよ。ちなみに本物の聖剣だったらいくらだったんだ?」

「そうかい? まあ……軽く金貨二万枚ってところだな」

思ったよりも高かった。

しかしそんなにもらったところで、使い道はない。

「それなら、その差の一万二千枚分で口止め料ってことにしてくれないか? 俺の存在を絶対に口外しないでほしいんだ。なんたって国家反逆罪だろ?」

「そんなもんでいいならお安い御用だ。もっと高く付けられるはずが、この値段にしかできなかったのはこっちの落ち度だからな。この店はあんたのことを絶対に売らねぇよ」

「……契約成立だな。金貨八千枚で頼む」

「あいよ」

こうして俺は聖剣を手放し、金貨八千枚という大金を得た。

さすがに手でそんな大金を持っていくことはできない。

そこで重宝するのが、持ち主の魔力量によって容量が大きくなる魔力袋だ。

勇者ともあって、俺の魔力はそれなりに多い。

この袋も、俺の魔力量に影響されて家が数軒入るほどの容量がある。

金貨八千枚など、すんなり入ってしまった。


「いい取引をさせてもらった。また何かあればご贔屓《ひいき》に頼むぜ？」

「ああ。頼らせてもらうよ」

軽い別れの挨拶を交わし、俺は店外に出る。

心なしか、身体が軽い。

肉体的にも軽くなったのは間違いないのだが、精神的な負担がなくなったのが大きいのかもしれない。

後は時間に癒やしてもらうことにしよう。

隠居のための資金は得た。

山奥に家を建て、作物を育てたり魔物を狩って暮らすのだ。

資金が必要になる事態があれば、こっそり冒険者稼業をするのもいいかもしれない。

さあ、そろそろ目をつけていた山奥の村付近へと出発しよう。

◆　◆　◆

「何ぃ⁉　勇者が逃亡しただと⁉」

人間の領土を掌握している『帝国』。

その王が住まう城では、怒号が飛び交い、人々が忙しく駆けまわるという混乱が発生している。

その原因は、魔王の目の前まで来て敵前逃亡した、英雄の名前を剥奪《はくだつ》された勇者である。

「そんなことは前代未聞であるぞ！」

「大臣よ、少し落ち着くのだ」

「ですが王！　この事態は――」

「落ち着けと言っておる」

白い髭《ひげ》を携えた現帝王は、先ほどから怒鳴り散らすしか脳のない大臣をたしなめた。

最高権力ににらまれてしまった大臣は、そのまま顔を伏せ黙るしかない。

「……続けよ、騎士リューク」

「は！　勇者アデルは魔王を見逃した後、我々を魔王城に残し転移の魔石にてどこかへと転移しました。魔王は勇者が消えたことをいいことに、我々三人を嬲《なぶ》り……その隙を見て脱出には成功したものの、この有様でございます」

「ふむ、災難であったな。ご苦労」

「勿体なきお言葉……それと、最後に一言よろしいでしょうか？」

「申してみよ」

「――勇者アデルは危険な男でした。あのような者を勇者と……それ以前に生かしておくことすら、帝国の損害となりかねません」

かつての仲間のことを、騎士リュークは淡々と語る。

その眼は憎悪を宿しており、帝王ですら言葉を詰まらせるほどの憎しみを感じた。

「わ、分かった……お主がそこまで言うのであれば、対策をするとしよう。国民に、アデルの姿を見た者は報告せよと伝えておく」

「感謝いたします。アデルの所在が分かりましたら、ぜひとも第一に私にお伝えくださいませ。死すらも生ぬるい地獄を見せたいのです」

「それも覚えておこう。今は下がり、身体を休めよ」

「は！」

騎士リュークが王室を出て行く。

手のひらに爪が突き刺さるほどに拳を握り、歯が欠けてしまいそうなほどに歯を食いしばっている騎士リューク。

そんな様子の彼を見送った帝王は、冷や汗を流しながら大臣と向き合った。

「どうしたものか……騎士リュークのあれほどまで怒りに染まった姿は見たことがない」

「我が国の最高戦力の一人でございますし、可能な限り要求をお受けになった方が賢明かと……」

「そんなことは分かっておるわ！　しかし……あの勇者アデルが裏切るとは」

「帝国に従順な犬だと思っておりましたが」

「……まあ良い。しばらくは本格的な捜索はしない」

「よろしいので？」

「勇者は前魔王を討伐した功績がある。我々は勇者アデルに頼りすぎたのかもしれん」

王は過去に思いを馳《は》せるように、王室の天井を見上げていた。

前魔王が死に、現魔王が現れるまでに六年しかない。

この間も勇者は帝国のため、人々のために魔物と戦い、気が休まったときなどなかったのだろう。

「これは勇者アデルへのしばしの休息である。話に聞くところ、現魔王も相当な深手を負ったそうだ。再び猛威を振るわれる前に、こちらも新たに戦力を整えることにしよう」

「かしこまりました。帝国中の強者に声をかけておきましょう」

「よろしく頼む。あわよくば……彼が戻ってくることも願っておこう」

勇者を無理やり戦わせたところで、反感を抱かれて暴れ回られたら、どれだけの損害が出るか分からない。

こうなった時点で、彼が自分から戻ってくるのを待つしかないのだ。

むしろ、損害がないことを喜ぶしかない。

——そんな帝王と大臣の会話を、部屋の外から聞き耳を立てていた者がいた。

「チッ……さっさと見つけ出して捕らえればいいものを」

その男は、帝王にあることないことを報告した、騎士リューク。

勇者アデルに憎悪の炎を燃やす者である。

「アデル……最終的に君には死んでもらわないと困るんだ。この僕が勇者に成り上がるために」

リュークは邪悪な笑みを浮かべ、その場を後にする。

まだ誰も、彼の本性を知る者はいない。

魔王と再会する勇者

金貨五十枚ほどを支払って転移の魔石を購入した俺は、早々に街を出発した。
遠い場所へ一瞬で移動できる転移の魔石は、決して安い品ではない。
それでも、三千枚の金貨を持つ俺からすれば、安い買い物であった。
時は金なり。
移動時間は何よりも優先される。

街を出てしばらく経ち、人気がない森まで行って魔石を砕く。
頭の中に場所の明確な景色を思い浮かび上がらせ、目的地を定めた。
一度だけ行ったことのある、山奥でひっそりと暮らしている村だ。
光に包まれた俺は、一瞬にして思い描いた通りの場所へ転移していた。

「ここだ……」
村の外れに転移した俺は、自分の周りに人がいないことを確認し、村の入口の方へと向かった。

村は木の柵で囲われており、所々に魔物よけの魔石が載っている。

入口には村の用心棒らしき男が立っており、近づく俺を警戒していた。

「旅の者か？」

「いえ、ここに移住させてもらうために来ました」

「移住希望か。身分証明ができる物は持っているか？」

俺は随分と前に取った、ギルドカードと呼ばれる物を取り出して男に見せた。

迷宮に潜ったり、魔物を狩ることで生計を立てる職業である冒険者。

勇者業の魔物狩りのついでに金が稼げるため、念のため登録しておいてよかった。

これには名前から年齢、冒険者としてのランクや、犯罪履歴まで載っている。

誤魔化すことも出来ないため、身分証明としては持ってこいだ。

「アデル、二十二歳……犯罪歴なしか。わざわざこの村に来たということは、希望者でいいか？」

「はい。隠居希望者です」

この村は、唯一の公開されていない隠居用の村だ。

隠居を希望すれば、村の向こうにある山の敷地を一部もらえる。

当然金銭は発生するし、村の仕事を手伝ったりもする羽目になるが、代わりに村の人間は決して隠居希望の者を外に売らない。

村の中では普通に接してくれるが、一度外に出れば他人として扱われる。

それほどまでに徹底して、新たな住民を確保しているのだ。

「隠居なら、土地代で金貨五百枚だ。払えるか？」

「はい、ついでに家を一軒建てていただきたいんですけど」

「それなら合計で千五百枚だ」

――想像以上に安いのだが、大丈夫だろうか？

いや、最悪でも屋根と壁があって、雨風をしのげればなんでもいい。

俺は魔力袋から千五百枚の金貨を出し、渡す。


「よし、さっそく取り掛からせよう。まずは村長に挨拶しに行け」

「ありがとうございます」

「最後に、俺の名前はディアン。村の用心棒だ。元冒険者なら魔物狩りに参加してもらうこともあるかもしれないな。これからよろしく頼む」

「よろしくお願いします」

「もう村の仲間なんだ、敬語はいらない」

「それじゃ……改めて。アデルだ、よろしく頼む」

「ああ。ようこそ、果ての村へ」

ディアンと握手を交わし、俺は村の中へ入っていく。

村は活気があり、様々な人が作物や農具を持って行き交っていた。

何人かの人と挨拶を交わしたが、俺の正体を知っている人間には出会わない。

俺は魔族に現在地を知られないよう、名前や容姿は公開していないのだ。

存在と活躍は広めているが、本当の俺の容姿を知っているのは帝国のお偉いさんのみである。

それでも隠しきれているわけではないため、大きな街には危険がつきまとう。

この村の存在を、偶然ではあるが知れてよかった。

しばらくして一軒の家の前にたどり着く。

村長の家はここのはずだが……。

「おや？　君は新しい住人かい？」

「ええ。隠居希望です」

「そうかそうか。こんなに若いのに色々あるんだねぇ」

俺に声をかけてきたのは、杖をついた老人だった。

——一目見て、この老人は只者ではないと気づく。

間違いなく強者だ。

勇者パーティにいた魔術師クラスの実力があると見ていい。

それだけの魔力を感じた。

「申し遅れたのう。儂《わし》がこの村の村長のアドラーじゃ。これからよろしく頼むぞい」

「アデルです。よろしくお願いします」

「若者が来てくれるのは大変ありがたいのう……それじゃ、早速お主の土地に案内するぞい」

「はい、ありがとうございます」

アドラーは村の裏手にある山へと歩き始める。

それについて歩いて行くと、山の中に隠れるようにして数軒の家を目撃した。

おそらく俺と同じ隠居している人々だろう。

外で働き始めている人もいるようだが、俺はあるものを見て少々驚いた。

「驚いたじゃろ？　ここには魔族も亜人もおるんじゃ」

「どんな人種も受け入れてるんですね」

「身分証明と、金さえ払ってくれればな。身分証明は儂《わし》らの信用のため、金は土地と建築代でもあるが、五割はお主らから儂《わし》らへの口止め料じゃ」

なるほど、あの金を受け取ったからには、外に存在を言いふらすことは絶対にしないというわけだ。

金は何よりも信用できる。

どんな土地でも、それは共通らしい。

「――っと、着いたぞい。お前さんの土地はここじゃな」

アドラーが案内してくれた場所は、それなりに広く、山の中だというのに平坦だった。

畑になりうる場所も整備されており、ここに家があれば完璧である。

「改めて聞くが、金は払ってあるのじゃろ？」

「ええ。ディアンに払ってあります」

「ならば家も建ててしまおうかのう」

アドラーの言葉にも驚いたのだが、その瞬間に彼の魔力が溢れだしたことにも驚いた。

魔術を発動させようとしているのだが、この魔力の流れは感じたことがない。

「――木造の建造物《ウッドハウス》」

魔術の名前を宣言すると、何もなかったはずの土地に変化が訪れる。

突然何本もの樹木が生え始め、それが一つの形を構築していく。

数秒のうちに、真新しい平屋ができてしまった。

「ふぅ……こんなもんかのう」

「アドラーさん……あなたは――いや、詮索は禁止でしたね」

「そうじゃよ。この村に元からいた人間はつゆ知らず、隠居希望の者たちとは必要以上に関わらない。これが掟《おきて》じゃ。儂《わし》もお主の事情には関わらぬ。打ち明け合うのは勝手だがの」

アドラーが何者なのかは気になるが、ここで生きていくためには詮索は厳禁ということだ。

俺としても、何事もなく生きていけるのであればそれでいい。

それ以上は望まない。

「勝手ながら、簡単な家具もつけておいた。ベッドはお古でいいなら後で届けさせるぞい」

「助かります。ベッドもほしいので、いただけますか？」

「分かった。後ほど作物の種も渡す。この村でほしいものがあれば、基本的に物々交換だからのう……それか労働じゃな。お主の若さなら、見張りや傭兵としても働けるかもしれん」

「ディアンのような仕事ですか？」

「そうじゃ。最近までもう一人傭兵がおったんじゃが、歳もあって引退してのう。今はディアンが一人で受け持っておるが、負担が大きくなる前に後釜がほしかったんじゃ」

「そういうことなら、俺も協力させてもらいます。腕には多少覚えがありますし」

「おお、ありがたいのう。ディアンにも伝えておくわい」

さて——と一言つぶやき、アドラーは山を下り始める。

俺も何気なく追おうかと思ったが、手で制された。

「まずは家の中を確認しんしゃい。村人への挨拶は後でよい」

「……色々ありがとうございます」

「うむ。困ったことがあれば頼ってくれればよいからのう。夜中じゃなければ、最悪話だけでも聞いてやるわい。あと——そのローブの中はしっかりと癒やしておけよ」

そう言い残し、アドラーは行ってしまった。

取り残された俺は、ひとまず家に入ることにする。


「ほんとに何者なんだろうな、あの爺さん」

家の中はあまりにも綺麗で、加工された木々のように形も整っていた。

机や椅子、棚や収納。

どれも揃っており、デザインも悪くない。


「まあ……いいか」

俺は椅子に座り、持ってきた荷物を一通り下ろす。

そして、着ていたローブを脱ぎ去った。

俺の身体は、肩から腹にかけて深い裂傷をつけられている。

これは魔王に負わされたものだ。

赤い肉が見えているが、血は止まっている。

勇者の身体は頑丈で、頭を吹き飛ばされるか心臓を貫かれでもしなければ死ぬことはない。

出血はすぐに止まり、骨が折れれば即座にくっつく。

死ねない身体を恨んだこともあったが、普通の生活をしていくのであれば、これほど頼りになる身体もない。

「よし、再出発だ」

勇者ではない、ただのアデルがここにいる。

俺の、平凡な一般人としての人生は、この場所から始まるのだ。

そんな平凡な人生が脅かされそうになったのは、これから五日後の出来事である。

◆◆◆

「アデル、ちょっと頼まれてくれるか？」

「どうしたんだ？　ディアン」

村に来てから数日経ち、ようやく生活にも慣れてきた。

畑も耕《たがや》すことに成功し、今ではいくつかの作物を育てている。

ちょうど今日で五日。

今日も畑作業をしようかと家を出たところで、ディアンに捕まった。

「今日ちょいと娘の体調が悪くてな。森に薬を取りに行くんだが、その間の村の守りを頼みたいんだ」

「あんた娘がいたんだな」

「七歳の可愛い娘だよ。つーわけで、頼めるか?」

手を合わせて頼まれたが、俺の答えは初めから決まっていた。

村長であるアドラーとも、村の傭兵の話はしてあるし。

「いいぞ。今日一日、村の入口で立ってればいいんだな?」

「ありがてぇ。もしも移住希望のやつが来たら、身分証明させた後に金を受け取ってくれ。土地は金貨五百枚、家は千枚な」

「分かった。あんたはさっさと娘のために行ってやれよ」

そう伝えると、ディアンは再び俺にお礼を言って村の外へ向かう。

今日は畑を拡張しようとしていたが、今でも十分なほどに作物は植えた。

手入れはしばらくしなくていいだろう。

いずれは見張り番の仕事もさせてもらいたいし、こういった機会で信用を勝ち取るべきだ。

山を下りて、俺も村の入口へと向かう。

たった五日ではあるが、村の地形などはだいたい把握《はあく》できた。

その結果、迷わず入口にはたどり着くことができる。

「確か、倉庫で装備を持ってこないといけないんだったか」
入口の近くにある建物は、倉庫になっている。
開けて中に入ると、使われていない農具や敷物などが多く置かれていた。
その中に、立て掛けられている数本の剣を見つける。
近くには胸当てなどの装備もあり、この場で一式揃ってしまいそうだ。
「少し緩いけど……まあいいか」
使い古された胸当てを装着してみると、多少サイズが合っていなかった。
屈強とは到底呼べない自分の身体が憎いと思ってしまう。
まあ……本来ならば死活問題だが、激しい戦闘が待っているわけでもない。
今はこれでいいだろう。
最後に一本だけ剣を借り、腰に挿して入口へ向かう。

――暇だ。
しばらく入口に立ってみたが、あまりにも暇だ。
立っているだけで、やることがない。
ディアンは毎日これをやっているのか。
畑仕事などとはまた別の辛さがある。

「どうしたものか――」

しばらく素振りなどをして時間を潰す。

そうして一時間ほど経ったとき、俺は村の外から近づく気配に気づいた。

それと同時に、背中に汗が滲む。

できる限り隠しているようだが、俺には分かってしまう。

この魔力反応を、俺は知っていた。

近づいて来た存在は、背の低い女。

頭には魔族の象徴である角が生えており、腰まである長い銀髪が揺れている。

やはり、俺の知っているあの女だ。

「すまない……この地は隠居希望の人間を匿《かくま》ってくれると聞いているんだが、本当だろうか？　申し遅れた。私は魔王イスベルと言う。隠居希望で――――っ⁉　き、貴様！」

「お、お前……っ！」

「勇者⁉」

「魔王⁉」

「「何でこんなところに⁉」」

俺と女の声が響く。

お互い敵意丸出しで構え、睨み合った。

「「こんなところまで俺（私）を追ってきたか！」」

一週間しないうちに、俺の平凡な隠居生活は脅かされそうになっていた。

同居することになる勇者

まずい。

ここで戦うことになれば、間違いなく俺は勝てない。

村を庇うことになるのもあるが、そもそも魔を払う聖剣を売り払ってしまった。

あれがなければ魔王に対し有利を取れない。

何という間抜けな話。

しかし、まさかこんなところで魔王と再会するとは思っていなかったのだから、仕方ないことだ。

せめてここから離れて――。

「おー！　客が来てんじゃねぇか！　しっかり対応したか？　アデル」

「ディ、ディアン⁉」

この状況に一石を投じたのは、背負った籠に大量の薬草を集めて帰ってきたディアンだった。

俺は慌てて構えた剣をしまい、とりあえずこの場を取り繕《つくろ》うことにした。

「あ、ああ。とりあえず話を聞こうとしていたところだ」

「そうかそうか。わりぃけど俺は薬草を家に届けるから、対応任せるぜ」

「……分かった」

ディアンはそのまま村に入り、自分の家へ向かって行ってしまう。

しまった、助けを求めそこねた。

俺はしばし魔王と見つめ合い、ため息をつく。

……まあ、他の人に任せるより、俺が対応する方が被害は少ないか。

「とりあえずついてこい。立ち話もなんだし」

「ああ……」

俺は魔王イスベルを連れ、倉庫へと戻る。

ここは門番の休憩所にもなっており、机や椅子が用意されていた。

二つある椅子の片方に座らせ、俺は対面に腰を下ろす。

「それで、魔王イスベル。お前は何を企んでいる？」

「……企んでなどいない。私はただ、魔王などやめて平凡な生活を送りたいと思っているだけだ」

「平凡な生活……か」

魔王イスベルに詳しく話を聞いてみると、俺と似た待遇に置かれていたことが分かった。

生まれたときから身分を魔王と決められており、人間国と戦わされ続けていたと。

常に縛られている生活の中で、自由な生活を夢見てしまっていたらしい。

そして、偶然耳に入れた話で、隠居希望の人間を迎え入れてくれる村があると聞き、この村へ来たそうだ。

「お前のせいだ」

「は？」

突然何を言い出すのだ、この女は。

「お前が私の目の前で勇者をやめるなどと宣言し、姿を消したせいだ！　その自由さがどうしようもなく羨《うらや》ましくて、我慢できなくなって……それまで必死に気持ちを抑え込んでいたのに！」

魔王は声を荒らげて言う。

俺は一瞬呆気にとられてしまい、言葉を失った。

「まあ……それも作戦だったのであろう？　こうして私が逃げてくる場所を予想し、待ち構えていたのだから」

「……期待させてしまったところ申し訳ないけど、俺がここにいたのはまったくの偶然だ。俺も隠居に適したこの村のことは知ってたからな。逆にお前が追ってきたのかと勘違いしたのが証拠だよ」

「――――え、本当に？」

「本当に」

魔王は眼を丸くして俺を見ている。

「そ、そうか……それなら！　もう私を襲わないか!?」

「っ……」

嫌な質問である。

魔王は人間の敵だ。

ここで仕留めれば、長く続いている戦争も落ち着くだろう。

命を張ってでも始末するべきだ。

しかし、それは今までの俺だったらの話。

勇者の身分を責任と共に捨て、人間を見捨てた俺に、魔王と戦わなければならない義務はない。

それに、この村は魔族も亜人も人間も受け入れる。

俺が差別する権利はない。

「――ああ、襲わない。お前が俺や村に危害を加えない限り、な」

「……よかった」

魔王――いや、ただのイスベルは、心底安心した様子で身体の力を抜いた。

相当気を張り詰めていたようだ。

この瞬間から辺りの空気が一段階軽くなる。


俺が言うのも何だが、魔王という立場上、常に命を狙われていたんだろう。

今日初めて敵意のない空間を知ったとしたら、この脱力した様子にも納得だ。

「ひとまず、この村では勇者とか魔王とか禁句な。俺も身分は隠してるんだ」

「あ、わ、分かった！」

偉い素直になったたな。

いや、本来の彼女はこれが素なのかもしれない。

俺と歳は大して変わらないはずだしな。

「それで、隠居するなら土地代で金貨五百枚。そこに家を建てるなら追加で千枚。合計千五百枚だが、持っているか？」

「へ？」

――嫌な予感がする。

「金貨千五百枚、払えるか？」

「……ない」

「ん？」

「は、払えない……」

俺は椅子からずり落ちそうになった。

まさかとは思ったが、そのまさかとは……。

「お金が必要なのは知ってたの！　でもそんなに必要だとは思わなくて——ごほんっ、今はこれしか持っていないのだ」

途中で素が出ていることに気づき、恥ずかしくなって取り繕《つくろ》ったな。

イスベルが机の上に出してきたのは、膨らんだ革袋。

どう見ても金貨五百枚も入っていない。

入っていて、三百枚ほどだろうか。

「用意できた金貨は三百枚だ……」

「やはりそんなものか。けど魔王ならもっと用意できたはずじゃないのか？」

「慌てて出てきたというのもあるが、私自身の財産も多くはなかったんだ。仕方なしに、自身の鎧《よろい》を売り払って金にした」

「それで三百枚か。うーん……どうしたものか」

こういう場合はどうすればいいのか聞いてなかったな。

追い返すっていうのも違う気がするし、そうなると一応村に滞在させればいいのかもしれない。

そうして俺が悩んでいると、何者かが倉庫の戸を叩いてきた。

「おーい、ディアンだが、入っても大丈夫か？」

「ああ、どうぞ」

戸を開けて中に入ってきたのは、先ほど薬草を届けに行ったディアンだった。

ディアンはイスベルの落ち込んだ顔を見て、俺に耳打ちしてくる。

「おい、どうしたんだよ、この子」

「金が足りなかったんだ。金貨三百枚しかないから、土地すら買えない」

「なるほどねぇ。それでお前もどうしたらいいか迷ってたわけだ」

「そういうことになる……こういう場合はどう解決するんだ？」

「そうさなぁ」

ディアンは一度離れ、俺とイスベルを見比べる。

そして何かに納得したように頷いた。

「まあ大丈夫だろ。この村に来て金がないやつは、ひとまず新人の家に居候することになっている」

「この場合はアデルの家だな。そんで口止め料兼土地代を払えるようになるまで働いてもらう」

「――は？」

「何てこった……」

そんな制度があったなんて、聞いてないぞ。

しかし、納得ができてしまう自分もいる。

簡単に追い返していたら、ここの存在は公に出てしまっていただろう。

こうして金を払えなかった人間も村に引き込み、外へ出る人間を少なくしていたのだ。

「か、金を稼ぐ方法はあるのか⁉」

「一応な。この村は村長のツテで、周辺って言うにはちょっと遠いが、いくつかの街や村と交流がある。金が必要な連中は、育てた作物を売りに行ったり、腕に自身があるやつは冒険者ギルドで小銭を稼いだりしてるな。ここ数年は金に困るやつがいないから、そういう話は聞いてねぇが」

そんなこともしているのか。

しかし、冒険者ギルドなどに行っても大丈夫なのだろうか？

俺が持っていたギルドカードのように、冒険者ギルドで仕事をするには個人情報を渡さなければならない。

身分なども広まることになり、秘密を厳守するこの果ての村では禁止だと思っていた。

「村長がギルドマスターとも繋がっててな、身分を偽ることができるんだよ。当然でかい仕事は回されないけどな。嬢ちゃんは見たところ魔族みたいだし、多少はやれるんだろ？　角さえ隠せるなら、冒険者になるのもありだと思うぜ」

「ぼ、冒険者か……」

こいつの眼……少し冒険者が気になってやがるな。

確かに、冒険者は危険が伴うが楽しみも多い。

迷宮や未開の地に行くときは心が躍るし、金銀財宝を手に入れて、瞬く間に億万長者となることもある。

ましてや魔王城から外に出たことすら少なそうなイスベルからすれば、魅力的な職業に違いない。

まあ、俺とはあまり関係のない話だし、冒険者になるなら勝手にすればいいさ。

「冒険者に興味があるなら、連れてってやれよ、アデル。お前、元冒険者だろ？」

「え」

「同居人の面倒を見るのも、新人の役目だぜ？」

そうディアンが言うと、イスベルは俺に向かってぺこりと頭を下げた。

「よろしく頼む」

「……」

俺は現実逃避し、魔王が勇者に向かって頭を下げている図が、少々滑稽《こっけい》だな——なんて間抜けなことを考えていた。

仕方がない。

この村で波風立てず暮らしていくためだ。

イスベルに協力はしよう。

ただし、当然俺のわがままだって聞いてもらわなければならない。

「分かった。冒険者のノウハウは教える……が、今すぐじゃない。しばらくは俺の仕事に付き合ってもらうぞ」

「う、うむ……な、何をすればいい？」

俺は倉庫内にあった農具を手に取り、イスベルに差し出した。

「畑仕事だ」

おそらく初めてだろう。

魔王に畑仕事を強要する人間なんて——。

畑を耕《たがや》す魔王と勇者

「くっ、難しい」

「腰が入ってないんだよ、腰が」

「う、うるさい！　畑仕事なんてやったことがないんだ！」

「それでも慣れもらわないと困るんだ。ほら！　手を動かす！」

「くっ」

イスベルは、現在俺の畑の拡張作業を手伝っている。

結局のところ、冒険者ギルドへ連れて行くことを条件に、俺の畑が整うまで手伝うという契約であの場は終わった。


そしてこうして二人で畑仕事をしているのだが……。

正直な話、畑仕事は下手な戦闘よりも難しい。

今の俺のように、作物の苗を植えていく分にはまだ楽な方だが、耕《たがや》す作業は通常の数倍神経をすり減らしてしまう。

「きゃっ――――ごほん。また深く掘りすぎてしまったか」

「一々取り繕《つくろ》わなきゃだめか？　それ」

イスベルがクワを叩きつけた部分の土が、辺り一面に吹き飛んでしまっていた。

そう、要は力加減が難しいのだ。

人間よりもステータスが高い魔族は、魔法での身体強化を施さなくても化け物じみた筋力を持っている。

さらに魔族の最上位の存在である、魔王の筋力だ。

これまで命を奪うために全力で振っていたはずのそれを、今は最大級加減しなければならない。

疲れないわけがない。

「……まあ、その辺りまででいいだろ。交代しよう、イスベル」

「うっ、あ、ああ……やはりだめだったのだろうか」

クワを握りしめ、顔を伏せるイスベル。

魔王が落ち込んでいるところなど初めて見た。

何の自慢にもなりはしないが。

「そうじゃない。苗も植えられるようになってもらわないと困るんだ」

俺は持っていた野菜の苗をイスベルに渡す。

これは種から育てるより早いだろうからと、村人から譲ってもらった物だ。

実際、イスベルには多くの仕事を覚えてもらわないといけない。

精一杯こき使うには、最低限の仕事はできてもらわねば困るからだ。

まあ——そのうち自分の土地で畑仕事をするだろうから、今のうちに覚えておけという親切心もないわけではない。

「わ、分かった。頑張る」

「ああ、頑張れ」

イスベルは力強く頷いたが、もはや元魔王の威厳などどこにもないことを自覚しているのだろうか。

そろそろ取り繕《つくろ》うのも辞めてもらいたいものだ。

結局のところ、半日もすればイスベルはだいたいの仕事を覚えてしまった。

元より仕事が多いわけではなかったが、それでも覚えて実行に移せるのは褒めるべきなのだろう。

すでに俺ができることはイスベルにもできてしまう。

「どうだ？　私も様になってきたであろう？」

「ああ、そうだな……」

指定の範囲まで畑を広げ、作物を植えきったイスベルは、ドヤ顔を俺に向けた。

確かに素晴らしい働きだ。

しかし——。

「これで冒険者ギルドに連れてってくれるか⁉」

イスベルの眼には期待の色が宿っている。

一度畑が完成してしまえば、当分はやることがなくなってしまう。

つまり手伝いが必要なのはここまで。

手伝いが終われば、俺はイスベルを冒険者ギルドへ連れて行かねばならない。

「はぁ……分かった。明日行こう」

「ほ、本当だな⁉」

子供のような笑みを浮かべやがる。

イスベルは身長は高くないが、顔つきは綺麗で、身体つきも……胸や尻が常人離れしている。

うん、到底子供には見えないのだが、態度と見た目のギャップが眩《まぶ》しい。

俺としては、まだ魔王の印象が強くて今の彼女に慣れていないのだが、好ましい人には好ましく思われるだろう。

今日より俺は、こんな目に毒な女と一つ屋根の下で寝なければならない。

期待というよりは、ぶっちゃけ不安の方が大きい。

こうなったら、さっさと稼がせて自分の家を建ててもらおう。

「とりあえず今日はもう終わりだ。日も暮れてきてるし、家に戻るぞ」

「うむ!」

イスベルは上機嫌で頷く。

その瞬間、彼女の腹部から可愛らしい空腹を訴える音が響いた。

「うっ……うむ」

「……」

そういえば、今日はまだ何も食べさせていなかった。

あの話し合いの後、すぐさま畑仕事に移行したのだから当然だ。

「――夕飯作ってやるよ。食いたいものあるか?」

「なっ、勇者が作れるの!?」

「もう勇者じゃない、ただのアデルだ。まあ……旅している期間も長かったしな。それなりの家事はできるぞ」

食事係は交代制で、俺はパーティで二番目に料理がうまかった。

一番は聖女だったが。

「それで、何が食べたい?」

「むぅ、いきなり聞かれても思いつかん」

「んじゃ肉とかは？」

「肉は好きだ。特に牛の赤身が好きだな。太りにくいし」

意外と現実的なものが好きで驚いた。

というか、魔王ともあろう女が肉の脂身を食べた程度で太るのだろうか。

……聞くのは恐ろしいからやめておこう。

「確か昨日もらった牛肉が余ってたはずだし、赤身のステーキでも焼くか」

「ステーキか！　大好物だ！　ソースはこってりしたもので頼む」

「それ太るんじゃねぇかなぁ……」

俺とイスベルは、談笑しながら家へと入っていく。

まさか、元とはいえ勇者と魔王がこんな関係になるなんてな。


どこかに人間と魔族の共存を叫んでいた教団がいたらしいが、これを見たら驚くだろう。

信じてくれすらしないかもしれない。

まあ、伝える必要性などないのだ。

この隠居生活はまだ数日しか過ごしていないが、今までにないほどの充実感を覚えている。

未来のことは分からないが、魔王イスベルともそれなりにやっていけそうだ。

ひとまずは、約束通りイスベルを冒険者ギルドへ連れて行ってやろう。

——何もトラブルが起きないことを願う。

煩悩《ぼんのう》を抱く勇者

約束通り、俺は夕食を作り上げた。

いつもより少しだけまともな物ができた気がする。

「う、ウマそうだな……」

「味見も済ませてるし、不味くはないはずだぞ」

「匂いから分かる……これは美味い料理だ」

俺がテーブルの上に置いたのは、牛肉の赤身のステーキに、もらったニンニクとトマトをベースにしたソースをたっぷりとかけた料理だった。

付け合せにじゃがいもを蒸かしたものと、人参が乗せてある。

久々に本格的な料理を作ったが、悪くない出来だ。

我ながら、食欲がそそられる。

「いただきます」

「む？　手を合わせてどうしたんだ？」

「一種の儀式だ。食べることは命をもらうってことだから、感謝を込めて手を合わせる……だから、いただきます」

「魔族にはない考え方だな。食われる者は敗者で、食う者は勝者。勝者は敗者の肉を食らう。それが当然のことだったから……」

「種族が違えば考え方も違う、そういうものだろう。無理に合わせる必要はないからな?」

「いや――」

イスベルは手を合わせ、一言「いただきます」とつぶやいた。

「私はその考え方が嫌いではない。感謝をしていただくとしよう」

「……そうか」

俺たちは揃って食事を始めた。

ガーリックトマトソースがかかったステーキは、極上の一品となっていた。

高貴さなどは一切感じず、むしろ野蛮な味付けであることは分かっていたが、この味が空腹の自分には合っている。

イスベルもまるで子供のように肉にがっついていた。

これだけ熱心に食べられると、作った甲斐もある。

俺は忘れないうちに、用意していた柔らかい白パンを持ってきた。

肉を食べ、パンを齧《かじ》る。

これまた空腹にはたまらない衝撃が襲ってきた。

イスベルにもパンを渡すと、同じようにして食べ始める。

「っ！　うまい！」

お気に召したようだ。

これはこれで食が進んでしまい、気づけば皿の上の物を平らげてしまっていた。

イスベルの皿の上も、同じ状況である。

最後に皿に残ったソースを、パンの欠片《かけら》で集めて口に運んだ。

イスベルも見様見真似で口に入れる。

「――――うまかった」

最後の最後まで食事を楽しみ切ったイスベルは、満足そうに、そして少し寂しそうにつぶやいた。

「お粗末様。風呂沸かしてやるから、先入ってこいよ」

「風呂？　風呂があるのか！」

「まあ、簡易的な物だけどな。一人用だし」

「十分だ！」

イスベルは食事のときと同じように、子供のようにはしゃいでいる。

この様子だと、魔王城にも風呂はあったんだろうな。

俺は一度家から出て、外に備え付けられた浴室へと向かう。

四方は壁に囲まれているが天井がない浴室の中には、木で作られた桶と、木製で長方形の浴槽が置かれていた。

俺は浴槽に手をかざし、魔術を発動させるためのキーワードを口にする。

「水の創造《ウォータークリエイト》」

超常現象を起こす魔術は、人が内包している魔力と、特定のキーワードによって効力を発揮するのだ。

今俺が使った魔術は、綺麗な水をその場に創造する水の創造《ウォータークリエイト》。

この魔術さえあれば、旅でも水に困らないという便利な魔術である。

「だいたい半分くらいまで水を溜めて……火の種《フレイムシード》」

続いて、小さな火種を生み出す魔術を使用する。

これを、半分ほどまで溜めた浴槽の水に落とした。

すると水がジュワっという蒸発する音とともに、グツグツと沸騰《ふっとう》し始める。

「あとはもう一回水の創造《ウォータークリエイト》で」

最後にもう一度水の創造を使って、温度を調節する。

イスベルが身体を流すまでの時間も考えて、適温より少し高い温度にしておけば間違いはないだろう。

そろそろイスベルを呼んでやろうか――。

「おお！　思っていたよりしっかりした造りではないか！」

「あ、ちょうど今呼びに行こうと……」

「む？　どうした？」

イスベルが浴室に入ってきた。

今から呼びに行くつもりだったのだから、それは構わない。

問題なのは、彼女の恰好である。


全裸だ。

何も着ていない。

服を張り裂けんばかりに押し上げていた豊満な胸と、形の良い尻がすべて見えている。

破壊力が高すぎだ。

正直、女に耐性がない俺には刺激が強いにもほどがある。

勇者は女に囲まれると思われがちだが、正体をほとんど明かさず、さらに戦いしかない日々を過ごしていれば経験なんぞする暇がない。

「は、恥ずかしくないのか！　お前！」

「風呂に入るのだから、服を着ているわけにはいかぬだろう？」

「ぐっ……」

正論だった。

しかし違う、そうではない。


「か、仮にも俺だって男なんだぞ……見られたら恥ずかしいとは思わないのかよ」

「ふむ。だが見られても減るものではないし、見知らぬ男ならともかく、貴様とは殺し合った仲でもある。そこまで気にすることはないぞ？」

そう言いながら、惜しげなく身体を見せびらかすイスベル。

これ以上はまずい。

何がまずいとは言わないが、まずい。

「っ……俺は家の中にいるから、困ったことがあれば声かけてくれ」

長居は無用だ。

さっさと離れて心を落ち着かせよう。


「ま、待ってくれ！」

急いで浴室を出ようとする俺の腕を、イスベルが掴んでくる。


「な、何だ？」

「か……身体を洗うのを手伝ってほしいのだが」


「は？」

◆
◆
◆

「ほんとに行くぞ……？」

「うむ、頼んだ」

俺は上半身だけ裸になり、イスベルの後ろで膝を立てていた。

手には石鹸によって泡まみれになった布を握っている。

「ほんとにお前、自分で身体洗ったことないのか？」

「う、うむ……ずっと部下やメイドが洗ってくれていたからな……」

勇者と違い、魔王は軍を動かす者だった。

そんな立場のせいで、身の回りの世話はすべて部下がしてしまっていたのだろう。

そのつけが、まさかここに回ってくるとは……。

身体の洗い方が分からないやつなんて、この時代にいたんだな。


「今日は洗ってやるけど、これからは自分でやれよ？」

「分かっている！　お、男に身体を触られるのは……私だって恥ずかしい」

顔を赤くして膝に埋めるイスベル。

参った、普通の女みたいな反応をされると、俺もどうしていいか分からない。

とりあえず早く終わらせてしまおう。

「洗うぞ」

「……っ」

泡のついた布で、イスベルの背中を撫でる。

「んっ」

「痛かったか？」

「いや……くすぐったい。もう少し強く頼む」

「分かった」

あまりにも肌がきめ細かく、それを傷つけないために力を抜きすぎたようだ。

これ以上悩ましい声を上げられても困るため、今度は少し強めに背中をこする。

「んっ……ふぅ。ちょうどいいぞ」

「そ、そうか」

いい力加減を見つけられたようだ。

イスベルの反応がいいおかげで、徐々にこの作業も楽しくなってきた。

だが長いことしていると俺の理性の方が心配になってくる。

キリの良い所で退散しなければ。

「もういいだろ。さすがに前は自分でやってくれ」

「えっ、あっ……そうだね。前はまずいよね」

今更前を洗うという意味に気づいたらしい。

照れて素の口調に戻っている。

「今の俺の力加減で泡のついていないところを擦るんだ」

「わ、分かった。やってみる」

布をイスベルに渡し、俺は今度こそ浴室から出る。

早歩きで家に戻り、家の中の柱に額を叩きつけた。

木の軋《きし》む音とともに、全体が少し揺れる。

外でイスベルが慌てている声が聞こえるが、気にしていられない。
今はこの煩悩《ぼんのう》を払うことに集中させてくれ。
「こうなったら……大量に稼いで、さっさと出て行ってもらうしかないな」
俺の煩悩《ぼんのう》が爆発してしまう前に、イスベルと離れなければならない。
ギルドに連れて行くのは乗り気じゃなかったが、この際幸運だと思おう。
明日は荒稼ぎしてやるぞ。

冒険者ギルドに行く勇者

「おぉ！　ここが冒険者ギルドか！」

「あまりはしゃぐなよ」

「は、はしゃいでなどいない！」

目をキラキラさせて言われても、あまり説得力はない。

俺たちが今いるのは、村からずいぶん離れた大きな町だ。

近くにお宝が眠るダンジョンがあり、様々な土地へ行くための中間点でもあるためか、大変賑わっている。

ここまで来るのにちょうど一日。

俺や魔王からすれば大した距離じゃない。

「とりあえず、入って冒険者登録だ」

「うむ！」

意気揚々と冒険者ギルドへと入っていくイスベル。

冒険者ギルドは木造二階建てで、下が依頼を受け付けているカウンター、下の一部と上全域が酒場の役目を果たしているようだ。

なるほど、人によってはここで情報収集や仲間集めをしているんだな。

「カウンターとはあれでよいのか？」

「ん？　ああ、あそこだ」

俺とイスベルは受付嬢の立つカウンターへと向かう。

途中、昼間から飲んでいる冒険者たちから視線を向けられていることに気づいたが、特に理由も思いつかないから無視する。

田舎臭い恰好だからか？

確かに畑仕事でも使えるような動きやすい恰好ではあるが……。

「こんにちは！　今日はどうされました？」

「う、うむ！　冒険者になりたくてだな……」

「新規の方ですね？　ではお手続きの準備をしますので、少々お待ちください」

笑顔で対応してくれたのは、二十代前半の受付嬢だ。

しっかりとした営業態度、これならギルド側は信用できそうだな。

「そちらの方もですか？」

「俺はただの付き添いで、もう冒険者登録は済ませてあるんだ。あと、こいつの手続きなんだが――」

俺は懐から一通の手紙を取り出し、受付嬢に渡す。

「これをギルドマスターに渡してくれ」

「かしこまりました」

受付嬢は余計なことを何も言わず、そのままカウンターの奥へと引っ込んでいった。

しばらくして戻ってきた受付嬢の手には、一枚のカードが握られている。

「お手続きが完了しました。これがあなたのギルドカードになります」

受付嬢はあなたという部分を強調しながら、冒険者の証であるギルドカードを渡してくる。

「うむ！」

カードを受け取ったイスベルは、嬉しそうにそのカードを眺めている。

内容を覗き見る感じ、上手いこと違和感がないように書かれていた。

イスベルは魔族だが、種族の欄はしっかりと人間になっている。

さらに今は姿を変える魔術で角を隠しており、見た目だけは人間だ。

それに加えてこれも見せれば、間違いなく疑われることはないだろう。

「難易度が高すぎる依頼は受理できませんが、そちらの事情は把握《はあく》させてもらっているので融通が利くようにしてあります。これからよろしくお願いしますね」

「うむ！　たくさん依頼をこなすぞ！」

「頼もしいです！　依頼はそちらにあるクエストボードに貼られてますので、希望の依頼をこ

こへ持ってきてください。あそこにはAランクまでの依頼が貼られてますので、できればBランク以下の依頼でお願いしますね」

「分かった。行くぞ、ベル」

「え？　う、うん」

俺はイスベルを連れてクエストボードへと向かう。

そこには、下からE～Aランクと難易度順に分けられた依頼がいくつも貼られていた。

基本的に、駆け出し冒険者はEランク冒険者とも呼ばれ、Eランク以外の依頼は受けられない。

俺たちに関して言えば、ランク制度を免除されているようだから、やろうと思えばどんな依頼でも受けられる。

けどそこまで焦るつもりはない。

とりあえず今はここから自分たちの初仕事に合った依頼を見繕《つくろ》わないといけないのだが、その前に――。

「どうした？　ぼーっとして」

「へ？　あ、いや……ベルとは何だと思って……」

「何だ。呼び方の話か」

「何だとは何だ！　そんな呼び方されたことがないのだぞ！」

イスベルの顔が少し赤い。

もしかして、照れてるのだろうか？

「こんなところで堂々と本名を呼ぶつもりか？　お前の名前は有名人なんだぞ？　さすがに本人とはバレないだろうけど、いい顔はされないだろうし隠した方がいいだろ」

「そ、それはそうだが……前もって言ってほしかった。いきなりはその……びっくりしたから」

「っ……」

そんな年頃の女子みたいに顔を伏せられても、俺は騙されないぞ！

ときめいたりなどしていない！　断じて！

俺は首を振って雑念を振り払った。

「わ、分かった。これからは何かするときは事前に確認するようにする」

「た、頼む」

そういって、イスベルは少し笑う。

まだ多少ぎこちない笑顔ではあるが、俺たちはお互いに笑顔を向けあえるくらいにはなった。

これはきっといいことなんだ。

「あと、俺のことも一応偽名で呼んでくれ。ほんとに一応だけど」

「分かった。何と呼ぶ？」

「アデルだから……アルでいい」

「アルか……うむ、了承した！」

小声でアル、アルと何度も定着させるようにつぶやくイスベル。

その姿に不本意ながら愛おしさを覚えてしまって、俺は無意識のうちに彼女の頭に手を伸ばそうとしていた。

いや、危ない。俺は何とかこらえ、平静を装う。

「……」

「……何だよ」

「いや、撫でたそうにしてたから」

「……」

図星である。

「だがな、そう簡単に私の頭は触らせないぞ！　魔族にとって頭を撫でられることは特別なことだからな！　貴様にはまだ早い！」

「お、おう」

イスベルはしたり顔で俺を見ていた。

ちょっとだけ残念と思ってしまった自分が悔しい。

てか体は洗わせておいて頭は触らせないのか。

魔族とはかくも不思議な生物だ。

てかそれなりに大きな声で魔族とか言うんじゃない。

「頭を撫でるというのはもっと段階を踏んでだな――」

「おい、てめぇら」

「何だ！　今話している途中であろう！」

イスベルの意味深な話をぶった切ったのは、ガラの悪いチンピラ三人組だった。

三人とも顔にはトラの入れ墨が入っている。

流行りなのだろうか？

『おいおい……あいつらAランクのクランのグリードタイガーの連中だぜ』

『あの二人終わったな……あいつらに目を付けられたんじゃ』

『男の方だけ死ね』

俺たちの方を見て小声で話している連中の言葉を聞き取る。

クラン——確か冒険者たちが勝手に結成してギルドに認めさせたパーティの上位互換だったな。

何人でも入ることができて、独自のルールを設けたりクランメンバーの受け取ってきた報酬を上手く給料として分配したりすることができる……んだったかな。

最大の利点は、クランマスターのランクに引っ張られ、低ランクの冒険者もクランメンバーとともに上位の依頼を受けられるという点だ。

Aランクのクランか……この三人もそれなりに強いのかもしれないな。

それより最後のやつはただの暴言だからな。

「見たところ新人だな？　俺様の通り道を塞ぐとはいい度胸してるじゃねぇか」

「む？　誰だ、貴様」

「俺を知らねぇ……？　とんだ田舎者だなぁ！」

三人組は汚い笑い声を上げる。

イスベルは馬鹿にされていることに気づき不快そうな顔をしている。

こいつらこそ、誰を笑っているのか知っているのだろうか？

まあ、こんなところでお山の大将みたいな態度を取っているような男たちが知るわけない。ましてや実力差も分かっていないようだ。

正直こいつらがどうなろうと知らないが、ここでトラブルを起こされても困る。

適当にあしらってこの場を一度去ろう。

「すまない。ほんとに田舎から出てきたばっかりで、この町の事情にも詳しくないんだ。あんたのこともよく知らな――っ！」

話している途中に、俺の頬はリーダーらしき男に殴られた。

まったく痛みはないが、いきなりのことで少しよろける。

「てめぇ、何タメ口きいてんだよ。俺はクラン『グリードタイガー』の幹部、トラグル様だぞ？　てめぇらみたいな新参者が舐めた口きいていい相手じゃねぇんだよ」

「っ……！」

連れである俺への暴行に怒りを覚えてくれたのか、イスベルが飛びかかろうと構える。

けど何度も言うようだが、ここでトラブルが起きるのはまずい。

こんなところで目立てば、村にどんな影響があるか分からない。

俺たちのせいで村へ何らかの害があれば、大事な住処《すみか》を失うことになる。

幸い、直接被害を受けたのは俺だけだ。

怒りを覚えないわけではないが、我慢も容易。

ここは穏便に切り抜けよう。


「すんません」

俺はイスベルを押さえ、軽く頭を下げる。

不満気なイスベルだったが、俺のその態度を見て殺意を引っ込めた。

「分かりゃいいんだよ。おら、さっさと失せろ。臆病モンに用はねぇからな！」

三人組が高笑いを上げる。

まあ、許しは得たわけだ。

依頼を受けるのは連中がいなくなってからにしよう。

「おっと、待ちな」

俺たちが横を通り抜けようとすると、トラグルと名乗った男が呼び止めてくる。

まだ何か用なのだろうか。

「俺たちの邪魔をした罰として、そこの女を置いてってもらおうか。てめぇみたいなクズが連れてていい女じゃねぇだろ？　俺たちが可愛がってやるからよぉ、さっさとよこせ」

トラグルの下品な視線はイスベルへと向けられている。

確かに見た目だけならイスベルは極上の『人間』の女に見えるが、中身はその限りじゃない。

「っ！　誰が貴様らなんぞについて行くものか！」

「うるせぇ！　てめぇに選択肢はねぇんだよ！」

トラグルがイスベルの腕を無理やり掴む。

その瞬間、俺はトラグルの顔面を殴りつけていた。

俺が受けたものとは遥かに違う威力の拳によって、トラグルは後ろに大きく吹き飛び、テーブルや椅子をなぎ倒す。

「うぐっ……」

「と、トラグルさん！」

呻き声を上げているトラグルに、子分たちが駆け寄って行く。

これでしばらくは絡んでこないだろう。

死にはしない威力で殴ったが、回復まではかなり時間がかかるはずだ。

俺は連中を無視して、クエストボードから適当に依頼をむしりとる。

内容は、近隣の森に巣を作ったオークの群れの殲滅《せんめつ》。

難易度としてはＢランクの討伐依頼だ。

群れという表現が少し曖昧《あいまい》だが、オークがいくら束になろうが俺たちのどちらにも勝てやしない。

「これを受けたい」

「は、はい！　受理させていただきます！」

呆然としていた受付嬢に依頼の用紙を押し付け、クエストをこなせる状態にしてもらう。

これで、オークを殲滅《せんめつ》して報告すればクエスト達成となるわけだ。

「行くぞ、ベル」

「……うむ」

俺はそのまま静まり返ったギルド内から外へ出る。

イスベルは黙ってついてきた。

本来の冒険者はこの後クエストのために準備をするのだが、俺たちに至っては特に必要はない。

俺もイスベルも、村から借りてきた剣だけで十分だ。

このまま街を抜けて森へ向かおうとすると、後ろにいたイスベルが横に並んできた。

「先ほどはすまなかった」

「……謝ることじゃない。気持ちも分かるしな。けど、今後は人前で人殺しをしようとするのはなしだ。下手な喧嘩《けんか》より悪目立ちする」

トラグルを殴ったとき、別に俺はやつに腹が立って行動に及んだわけではない。

――いや、少しは苛ついていたが、大きな理由がそこじゃないだけだ。

あのとき、片腕を掴まれたイスベルは、トラグルを殺す気で殴ろうとしていた。

冒険者にとって喧嘩《けんか》は日常茶飯事だが、殺人まで行くと最悪冒険者の資格を剥奪《はくだつ》されてしまう。

イスベルの立場を守るためにも、あの場ではああするしかなかった。

「そもそも、俺たちがクエストボードの前の邪魔な位置にいたから絡まれたわけだしな。立場も弱かった」

「人間社会とは生きにくいものなのだな……」

「実力主義の魔族とはまた違う社会だ。逆に、どんなに自分に利がなくても他人を助けるお人好しもいるけど」

「そう言えば……お主もそんな人間だったな」

俺も、か。

確かに、勇者のときはどんな人間にも手を差し伸べ、助け出そうとしていた。

けど、それはお人好しだからじゃない。

勇者だったからだ。

もし、今も俺が勇者の立場に縛られていたのであれば、トラグルを殴り飛ばしたりなどしなかっただろう。

「もう、俺はお人好しじゃないぞ。なんたって、あの野郎の顔面を殴ってストレスを発散してるくらいだからな」

「ふっ……そのくらいの方が私好みではあるぞ」

「お前も気を張りすぎるなよ。すぐ手が出るようだと、この先困るぞ」

「うっ、気をつける……」

急にしおらしくなったイスベルを微笑ましく思いながら、俺たちは森へと向かっていく。

よし、ここからは仕事の時間だ。

魔王に甘い勇者

鬱蒼《うっそう》と木々が生い茂る森の中を、俺とイスベルは歩いていた。

森に入ってから三十分ほどは経っただろうか。

この間、まだオークの巣にはたどり着いていない。

それもこれも、見通しの悪い景色のせいだ。

木々が視界を遮るせいで、魔物の不意打ちが多すぎる。

先ほどから数回にわたり、別の魔物の襲撃に遭ってしまった。

日々魔物と戦い続けていた俺や、魔物を従えていたイスベルは気配にも敏感なため先手を取られることはないが、いかんせん面倒くさい。

「……もう森ごと焼き払わぬか？」

イスベルに至っては、この始末である。

もはや嫌な顔を隠そうともしない。

気持ちは分かる。

しかしそんなことをすれば、今度は俺たちが討伐対象だ。

「気配は近くなってるんだ。もう少し頑張れ」

「うむ……」

オークたちの気配は、確実に近くなっている。

数としては、二十体ほどだろうか。

「む、アル」

「別に外ではアデルでもいいって。なんだ？」

「む、じゃあアデル、オークの群れとはあれのことではないか？」

イスベルが指さした先で、灰色がかった肌の生物が数体見える。

間違いない、オークの肌だ。

気配もやつらの周囲から感じる。

「……当たりだな。よし、一気に斬り込むぞ」

「まどろっこしくないか？　範囲魔法で消し飛ばした方が早いぞ」

「地形が変わると色々面倒くさいぞ。加減はできるのか？」

「うっ……大人しく斬り込むとするか」

ほんの一日一緒に生活して分かったことだが、イスベルは力加減が相当へたくそだ。

確かに群れを吹き飛ばすには範囲攻撃魔法は有効だが、イスベルの場合広範囲を生物の住めない環境にしてしまう可能性がある。

万が一、薬などになる薬草の群生地を吹き飛ばしてしまったら、損害は目も当てられない。

「よし、行くぞ」

「うむ！」

俺たちは剣を抜き、オークの群れ目掛けて突っ込んでいく。

これが、世界初の魔王と勇者が共闘する瞬間だ。

オークはだらしなく肥えた身体と灰色の皮膚を持ち、豚としかいいようがない顔の人型魔物だ。

体格は成人男性よりも大きく、筋力も相応に高い。

加えて斧や槍、棍棒などの武器を持っていることが多く、新米冒険者などが囲まれて命を落とすなんてことがざらにある。

（確かに、俺も勇者になりたてのときは恐ろしい目にあったな……）

そんな風に過去を思い出しながら、俺は目の前のオークを肩口から切り伏せる。

決して上物の剣ではないが、生物が内包する魔力を流してやればある程度の品質まで強化することが可能だ。

「アデル！　こっちは終わるぞ！」

「ああ、こっちもあいつで最後だ」

二十体以上いたはずの仲間がやられ、最後の最後で恐れをなして逃げ出したオークがいた。

俺はそいつのがら空きの背中目掛けて剣を投擲《とうてき》する。

高速で飛んで行った剣は、そのままオークの心臓を穿ち、ただちに絶命させた。

「よし、終わりっと」

自分の獲物がいなくなったことを確認し、俺はイスベルの方へ顔を向ける。

ちょうど彼女も最後の一体を狩るところだった。

「ふん」

「オッ……オオ……」

全身を滅多切りにされたオークは、ゆっくりと地面に崩れ落ちる。

これで、俺たちの周りにあるものはオークの巣である洞窟と、そのオークの死体のみ。

あとはオークどもの死体から魔物の証である魔石を取り出して持って帰れば、依頼達成である。

「冒険者とはこんな仕事ばかりなのか？　これでは期待外れなのだが……」

「ちゃんと冒険したいなら、ダンジョンに潜るしかないな。他の仕事は正直雑用とか討伐依頼ばかりだ」

「それなら私もダンジョンに潜りたいぞ！」

「うーん……そうか。別にできないことはないけど……」

「む？　あ、あまり乗り気でないのか？」

「まあ、な」

ダンジョンというのは、多くのお宝が眠り、それを守るかのように多くの魔物が徘徊《はいかい》している巨大な地下施設のことだ。

いつからあるのかも、なぜできたのかも分かっていないが、お宝や売れる魔石を内包している魔物を狩ることで一攫千金《いっかくせんきん》が狙えるため、多くの冒険者が殺到している。


結局のところ俺があまり乗り気ではないのは、人の目が多すぎるからなのだ。

「そ、そうか……まあ貴様がそういうのであれば仕方ない」

「……」

まずいな、イスベルが目に見えて落ち込んでいる。

元魔王とはいえど、見た目は可憐な女。

こうしおらしくなられるとどうしていいか分からなくなる。

いたたまれないこの気持ちをどうにかするには、もう俺が折れるしかないようだ。

「──いや、ダンジョンには潜ろう」

「え？」

「よく考えてみれば、普通の冒険者を装ってダンジョンに入れば目立つわけない。そもそも俺たちに注目する人間なんてほとんどいないだろうしな。多少のトラブルがあろうが、最悪ギルドが守ってくれる。せっかく場は整ってるんだから、ダンジョンで大きく稼いだっていいはずだ。うん」

自分にも言い聞かせるかのように、俺は早口で言葉を紡《つむ》ぐ。

横目でイスベルの顔を見ると、目に見えて嬉しそうに表情を輝かせていた。

「本当か！　私は冒険ができるのだな？」

「あ、ああ……そんなに喜ぶことか？」

「何を言う！　私はずっと魔王城から出られなかったのだ！　冒険なんて夢のまた夢だったんだよ？　それが叶うなんて！」

途中から素の口調になりながら、イスベルは目を輝かせて空を仰いでいる。

ここまで喜ばれるとは思わなかった。

ま、悪い気分ではないな。

「とはいっても、俺も資金調達程度で少し潜ったくらいの知識しかない。帰ったらしっかり準備を整えて、潜るのは明日だ」

「わ、分かった！　私も我慢が利かない女ではないからな！」

イスベルは立派な胸を反らし、興奮気味にいう。

態度から見るに、その言葉も正直怪しいものだ。

「とりあえず、まずはオークの魔石回収からだ。帰ったら宿を探すぞ」

「うむ！　任せておけ！」

嬉々として、イスベルはオークの肉体から魔石を回収する作業にいそしみ始めた。

成り行きでダンジョンに潜ることになったが、資金調達にはちょうどいいというのは確かなことである。

もしお宝が見つかろうものなら、一瞬でイスベルが払わなければならない金を満たせるかもしれない。

「気合入れるか……」

わずかな不安を魔石回収の作業で誤魔化し、結局俺たちは、数日猶予があったはずのこの依頼を一日でこなしてしまった。

依頼を達成した日の夜、俺たちはギルド内のものとは別の酒場に足を運んでいた。

「うまいな！　この酒！」

「ああ、ここを選んで正解だった」

ここの酒場は自分たちが泊まることにした宿の中にあり、宿泊客には少し価格を安くして料理や酒を出してくれる。

結局オーク殲滅《せんめつ》の依頼は金貨八枚になったため、銀貨五枚で泊まれるこの宿を見つけて泊まることにした。

一週間程度はいるつもりだったため、ひとまず七日分で金貨三枚と銀貨五枚を二人分払い、残った金貨一枚でこうして飯と酒を頼んでいる。

「明日が楽しみだな！　アデ――じゃなかった。アル！」

「……そうだな」

イスベルは上機嫌で、エールを飲んでいる。

少々顔が赤いため、酔いが回り始めているようだ。

あと一、二杯でやめさせよう。

酔い潰れられても面倒くさい。

「む！　もう飲み切ってしまった！　すまない！　もういっぱ――」

木でできたジョッキの中身を寂しそうに眺めていたイスベルが、おかわりを注文しようとした瞬間のことだった。

突如として、酒場の扉が豪快に開け放たれる。

賑わっていた酒場が一瞬静まり、全員がその扉から入ってきた人間に注目した。

「――へぇ、いい酒場じゃんか」

入ってきたのは、長い金髪を揺らす釣り目の女だった。

背が少し高く、スタイルは出るところはしっかりと出ている理想形。

しかし何より目立つのは、頭の上に生えたトラのような耳と、腰から生えている尻尾。

どうやら『獣人』の類らしい。

女は酒場を見渡し、何かを探し始める。

「お、みっけた」

どうやらお目当ての物を見つけたようだ。

真っ直ぐその方向へと進んでいく。

酒を飲む、俺たちの下へと。

「よぉ、昼間はうちのもんが世話になったな！」

女は豪快に席に腰かけ、ニヒルな笑みを浮かべながら肩口の袖をまくり上げる。

そこには、昼間見た男たちの顔にあったトラの入れ墨が刻まれていた。

「あたしはレオナ。クラン、グリードタイガーのクランマスターをやってるもんだ。よろしくな！」

レオナと名乗った女は、八重歯を見せつけるように笑う。

どうやら、ダンジョンに潜る前に厄介なことに巻き込まれそうだ。

求める勇者

「ちょいと外まで来てくれないかい？　話があんのさ」

「……こっちにはない」

「そう言わずにさ、すぐ済むから──な？」

レオナと名乗った女は、机の上に金貨を一枚置く。

どうやらついてくれば奢《おご》ってやると言いたいらしい。


横目でイスベルの方を見てみれば、警戒を隠しもしない顔でレオナを見ていた。

それもそのはず。

この女は間違いなく強い。

イスベルや俺ほどまでとはいかずとも、冒険者の中ではまごうことなく最強クラス。

さすがはAランクのクランのマスターだ。


「どうだい？」

「……」

こいつの思惑が読めない。

順当にいけば、子分たちを痛い目に遭わせた俺たちへの仕返しが目的だろう。

しかし、眼に悪意がない。

隠すのが上手いのか、それとも――。

「――いいだろう。ついて行く」

「お、話が分かるねぇ。話を変にこじらせない男は好きだよ」

レオナは笑みを浮かべながら、近くの店員に先ほどの金貨を「釣りはいらない」と言ってわたす。

そうして彼女が先に酒場から出て行くのを確認して、俺も席を立った。

「むう……今更だが、あの女の言うことを聞くのか？　力ずくで黙らせた方が良い気がするのだが」

「……あまり武力行使は好きじゃない。これでしか解決できないなら仕方ないけどな」

俺は腰につけている安物の剣に手を置く。

ずっと命を守るために戦ってたのだから、せっかく守った人たちを極力自分の手で傷つけたくない。

せめて、俺のやってきたことを無駄にしたくないんだ。

「む、まあ貴様が言うなら私は従うだけだが……」

「どうした？　やけに大人しいな」

「悔しいが、私一人だったらこの世界はとても生きにくいものだった。こうして酒場で酒や食事を楽しむことすらできなかっただろう……それにわがままも聞いてもらっているし、私が文句を言える筋合いではないことは分かっているからな」

「……別にいいのに」

「気分の問題である」

イスベルはテーブルの上に残っていた水を飲み干すと、俺の横に並んだ。

「よし、行くとするか！　いざというときは任せろ。貴様じゃ対応が遅れるかもしれんからな！」

「……ああ、そんときは頼む」

意気揚々と酒場から出て行くイスベル。

なんとも頼もしい笑みを浮かべる魔王だこと……。

◆　◆　◆

「お、来たか」

酒場の前で、レオナが待っていた。

「ついて来てくれ」

二人で彼女についていくと、酒場の裏手へとたどり着く。

すると、俺たちの他にもう一つ人影があった。

「こいつがあんたらにちょっかいをかけたトラグルだ。悪かったね、こいつすーぐ調子に乗っちまう男でさ」

そこにいたのは、レオナの言う通りトラグルだった。

しかし、顔が腫れすぎて別人のようになってしまっている。

俺が殴った怪我も確かにあるのだが、それ以上の怪我を負わされているのだ。

「レオナだったな。これはあんたが？」

「そうだ。まあ、お仕置きだね。横暴な態度でグリードタイガーの評判を下げたことは許せることじゃないから。ほれ、謝んな！」

レオナが俺たちの方へトラグルを蹴りだす。

よろめきながら、トラグルは俺たちに向かって頭を下げてきた。

「ずびばぜんでじだ」

もはや顔が腫れすぎて、まともに発音できていなかった。

痛々しすぎるが、これがグリードタイガーのやり方らしい。

「こんなやつでもクランの仲間だからね。これで許してやっちゃくれないかい？　あたしの方からも改めて謝らせてもらうし、要求があればなるべく聞こう。今回のことは、本当にすまなかった」

そうして、レオナもトラグルに並んで頭を下げる。

突然の謝罪に、イスベルは眼を丸くして驚いていた。

俺も正直驚いている。

小さなトラブルに、まさかクランマスターまでが頭を下げにくるとは――。

「も、もういいから。別に何か求めるわけじゃないし、今後こういうことがなければそれでいいって……」

「……あんたらが寛容な連中でよかった。ほらトラグル！　もっかい謝りな！」

「ずびばぜんでじだ！」

再び頭を下げるトラグル。

少々驚かされたが、とりあえずはこれで一件落着か――。

「そんでもって、もう一つあんたらに頼みたいことがあんだ」

「……何だ？」

少し嫌な予感がしながらも、一応話だけは聞くつもりで問いかける。

「そんな難しい話じゃない。ちょっくら――」

次の瞬間、目の前からレオナが消える。

「あたしと戦っちゃくれないかい？」

俺はすぐさま剣を抜き、真後ろから繰り出されたレオナの鉤爪《かぎつめ》を受け止めた。

「っ！　何のつもりだ！」

「ずいぶんとあっさり受け止めるねぇ。もう少し本気で行ってもいいかな！」

レオナは一度俺から離れると、先ほどと同じように姿を消す。

実のところ、消えているわけではない。

まともな人間では捉えきれない速度で動いているだけだ。

俺の眼でも、ギリギリ見えている速度。

思った通り、気は抜けない相手のようだ。

「アル！」

「お前は下がってろ！　俺は大丈夫だから！」

イスベルには下がってもらい、剣を構えて次の攻撃に備える。

突然襲いかかってきたレオナだが、その攻撃自体にも敵意は感じなかった。

おそらく何らかの理由がある。

例えば、実力を試しているといった悪意のない動機があるはずだ。

「行くよ！」

高速移動を続けていたレオナが、真っ直ぐ突っ込んでくる。

レオナの行動や言動を見る限り、決して頭が悪いわけではない。

さっきの攻撃が防がれたのだから、これも防げるということは分かりきっているはず。

つまりは――。

「幻獣歩《げんじゅうほ》！」

高速で動いているレオナが、目の前でブレる。

姿がブレたせいで、レオナが数人に見えた。


「こっちか！」

「おっ！」

俺は右に剣を向け、再び獣人特有の鉤爪《かぎつめ》を受け止める。

受け止めた瞬間、レオナの姿は一つになり、目の前の一人だけになった。

やはり残像……フェイントの類か。

「参ったねぇ……まさか初見で見破られるとは」

「目はいい方なんだ」

「良すぎだよ、あんた」

レオナが俺から離れようとする。

しかし、そうはいかない。

もう速さの底は見えた。

これ以上は不毛である。

「なっ⁉」

「捕まえたぞ」

俺は離れようとするレオナの腕を掴んでいた。

足の速さならともかく、掴むだけならある程度の速度までは対応できる。

そして動揺が収まらないうちに、その首に剣を添えた。

「終わりだ」

「……」

完全に詰みの状態になったレオナは、呆然としている。

何か策はあるのかと少し待ってみるが、動く様子はない。

それどころか、顔を赤らめて震えだしてしまった。

「ど、どうした？」

「――た」

「え？」

「惚れた！」

俺が呆気にとられた瞬間、レオナが剣を押しのけ抱きついてくる。

身体に当たる柔らかい感触に、頭の中が真っ白になってしまった。

「あたしを捕まえた男なんて生まれて初めて出会った！　あんたはあたしの初めての男だよ！」

「なっ、と、とりあえず離せ！」

「いいや離さないね！　狙った獲物は離さないのがあたしだよ！」

レオナが露出度の高い服を着ているせいもあり、彼女の温かく柔らかい感触が強く伝わってきてしまう。

このままではまずい。

煩悩《ぼんのう》に身体が支配されていく――。

「き、きききききき貴様！　何をしているの⁉」

イスベルが顔を真っ赤にし、叫びながら駆け寄ってくる。

俺はこのとき、生まれて初めてこんなことを思った。

まさか、俺が心の底から求めることになるとはな。

『助けてくれ、魔王』――と。

胸を揉む魔王

「ね、ねえざん、せづめいじないと」

「おっといけない。そうだったな！」

トラグルがレオナを止めてくれたおかげで、俺はハグからなんとか解放された。

お前に感謝することになるとは思わなかったぞ、トラグル。

「き、きさまぁー！　アルにもう近づくな！　だめだぞ！」

イスベルも俺とレオナの間に入ってくれた。

頼もしいぞ、魔王。

「まあまあ、別にとって食おうってわけじゃないよ」

「嘘だ！　食おうとしてた！　主に性的に！」

おい、何を叫んでるんだイスベル。

「失礼だねぇ！　まだ食べないよ！　あたしは段階を踏む派なんだ！」

まだってなんだ、まだって。

俺は寒気を覚え、レオナから数歩距離をとった。

「アルは私が生きてくために必要なのだ！　あげないから！」

「お、じゃあライバルってことかぁ？　あんたが何者かってのは分からないけど、勝負ってんならとことんやるよ？」

「望むところだ！　アルは絶対にあげない！」

「へっ！　このレオナ様に奪えないものなんてないよ！」

女の視線が、バチバチと火花を散らしている。

てか、イスベルは結構恥ずかしいことを言っているという自覚はあるのだろうか。

「べ、ベル！　ちょっと止まれ！　まずはちゃんと話が聞きたいから！」

「なんだ！　アルもこの女の味方か！　やっぱり男は胸か！　胸がいいのか！」

イスベルは一瞬でレオナの後ろに回り込むと、彼女の胸を下から鷲掴《わしづか》みにする。

いや、当然のようにさっきのレオナと同じくらいの速度だすなよ……。

「ど、どこ触ってんだい！　あんた！」

「胸だよ！」

その通りである。

「ほら！　どうだアル！　貴様もこれが好きなのだろう？」

「いや、好きだけど」

嘘はつけない。

だから俺は真っ直ぐ二人を見つめながら言った。

こういう場面で間違ったことはいいたくない。

男として、漢として。

「貴様も胸か！　私に言えば胸くらい揉ませてやったのに！　先にこんな女の胸に籠絡《ろうらく》されたのか！」

「別に籠絡《ろうらく》はされてないだろ⁉」

俺はレオナの胸や身体に惹かれてイスベルを止めたわけでなく、単に話が進まないから止めたのだ。

というか、その胸の話はあとでもう一回聞かせてほしい。

「ちょっ、いいから一回離してやれ！」

「がぁー！　このクソおっぱい女！」

「お前が言うなよ！　あとお前キャラ変わってるぞ！」

俺はイスベルを羽交い締めにして、レオナから引き剥がす。

イスベルのやつ、とんでもなく酒臭い。

なるほど、酔って言動がおかしくなっていたのか。

「た、助かったよ」

「あんたもあんまり変な発言はよしてくれ！　話が本当に進まなくなる！」

「分かった分かった……」

今度はレオナの方から離れていく。

ある程度まで距離をとった時点で、ようやくイスベルの方も落ち着いてきた。

「フーッ！　フーッ！」

いや、完全に落ち着いてはいなかった。

お前は猫か。

「と、とりあえず……あんたらはアルとベルでいいのかい？」

「そうだ。俺がアルで、こっちがベル」

「よしよし。それじゃ早速本題だ」

レオナはトラグルを呼ぶと、何やら丸まった紙を受け取った。


「こいつを受け取ってくれ」

それを俺たちの方へ放り投げる。

開いてみると、それはクラン「グリードタイガー」からのクエスト協力要請だった。

五日後の朝、ギルドに集合と書かれている。

「その日、あんたらもギルドに来てくれないかい？　今大きなクエストをこなすために、強い仲間を集めてててね」

「つまりは、今までのも実力テストだったってことか？」

「ま、そういうことさ。詳細については当日教える。一々説明して回るのも面倒くさいから、まとめてその日に説明会ってことにしてるんだ」

「なるほど……」

「まあ……最悪こなくてもいいし、聞いた上で帰ってもいい。元々私たちのクランに流れてきた依頼だからね」

つまりは助っ人ということだ。

話から察するに、レオナですら不安を覚える相手ということだろう。

参加すること自体はやぶさかではない。

ただ、当日になってみないと分からないことは事実だ。

「――分かった。顔は出すことにするが、協力するかどうかは話を聞いた後で考える」

「十分さ！　というか別にその時だけじゃなくてもいいんだよ？　アルならいつでもあたしのところへ来ていいんだから！　むしろ来い！」

「当分は遠慮させてもらおう……ッ！」

レオナが余計なことを言うせいで、イスベルが鬼の形相になっている。

とりあえず、この場は立ち去らなければ。

「そろそろこの辺でお開きにしないか！　俺たち明日からダンジョンに潜るつもりなんだ！」

「ほう、ダンジョンかい。あんたらも一攫千金《いっかくせんきん》狙いってとこか。まあアルがいりゃいいところまでは行けるんじゃないかい？」

「行けるとこまで行ってみるさ」

「いい土産話を期待しておくよ。それじゃ、鬼が暴れだす前に退散するとしようかね！」

イスベルの様子を見て冷や汗を流すレオナは、トラグルを連れて夜道に消えて行く。

俺たち以外に誰もいなくなったことを確認し、俺はようやくイスベルを離した。

「くっ……あのデカ乳女め……」

「だからお前が言うなって……」

「揉んだ感じだとあやつの方が数センチでかい！　胸だけには自信があったのに！」

怒鳴りながら自分の胸を寄せてあげるイスベル。

これではあまりにも目に毒だ。

俺は目を逸らし、酒場の方へと戻るため歩き出す。

「むぅ、見向きもしないとは」

「酔っ払いすぎだぞ、イスベル。あんまり男を惑わすようなこと……するな」

「ちょっと今含みがあったぞ」

そりゃ、勇者とはいえ男なもんで。

さっきからのイスベルの発言で期待してしまう部分もあるからして。

こっそり胸元に目が行くのは仕方のないことではないだろうか？

「……私がこういう風にしていれば、アデルは私を置いてあの女のところへ行ったりしないか？」

突然、消え入るような声が聞こえてくる。

思わず振り返ると、そこにいたイスベルの顔には怯えの表情が浮かび上がっていた。

「あまり離れてくれるな。ほんとに頼れるのは貴様だけなのだ」

「……」

目を離しているうちに、いつの間にかイスベルが俺の服の袖を掴んでいた。

本当に、酒のおかげで極端に素直になっているようだ。

ここ数日、俺の世界が変化しすぎている。

魔王と会話し、言い合ったり、褒め合ったり、誰がこんな関係を想像しただろうか。

俺は、本来ありえないはずのこの関係に、居心地の良さを感じている。

だからこそ、もっと知りたくなってしまった。

魔王城ではどんな生活をしていたのか、どうしてここまで俺に執着しているのか――。

どうやら俺は、イスベルに歩み寄ってみたいらしい。

（でも、俺から聞くのはルール違反だ）

他者にはあまり干渉しないのが、俺たちが暮らすことになった村のルール。

いつか、イスベルの方から話してくれるときが来ると祈ろう。

そのときは、俺の経験してきたことも話すとしよう。

「この町で冒険者をしている間は、少なくともお前からは離れない。約束する」

「──ん、今はそれで……いい……」

「おっと」

話していたイスベルが、突然崩れ落ちる。

身体を支えてやると、口元からは安らかな寝息が聞こえてきた。

「安心したら睡魔が襲ってきたってか……？　これじゃただの見た目通りの女の子だな」

──いや、もしかしたら本当にただの女の子なのかもしれない。

過剰な力を持たされた、ただの少女。


「宿に戻るか」

俺はイスベルを抱きかかえ、宿へと戻る。

この夜で、ほんの少しだけ、イスベルに近づけた気がした。

褒める勇者

「頭が痛い……」

「飲みすぎだ。次から自重しろ」

「うむ」

レオナたちと出会った日の翌日。

俺とイスベルはダンジョンに向かって町を歩いていた。

これから張り切ってダンジョンを攻略するというのに、イスベルの顔は青い。

二日酔いのせいで体調がすこぶる悪いようだ。

あいにく、元勇者とはいえ二日酔いを改善するための魔術は持ち合わせていない。

「これから馬車に乗るってのに大丈夫か？」

「馬車？　歩いていくのではないのか？」

「ああ。潜っている人間を把握《はあく》するために、ダンジョンまではどんな立場でも馬車に乗ることになってる」

原則として、馬車以外での通行は許可されていない。

そうすることで、ダンジョンから戻ってこない人間の把握《はあく》がしやすいのだ。

さらに中にいる人間を把握《はあく》しておくことで、万が一ダンジョン外で事件が起きた時に対応できる人間を呼びに行きやすい。

そんな理由から、馬車に乗らず無許可でダンジョンに入ることは禁止されている。

「うぅ……そうだったのか」

「吐きそうになったらすぐいえよ」

「そうだな……吐きそうになったら外へ蹴り出してくれ」

「そこまではしないからな」


極端な女だ。

そんな話をしているうちに、ダンジョン行きの馬車が並んでいる街のはずれにたどり着いた。

「一台に十人まで乗ることができます！　それぞれの馬車の前に一列に並んでお待ちくださ い！」

町の役人らしき人間が、集まっている冒険者たちを誘導している。

ずいぶんと人数が多いため、大変忙しそうだ。

「ここにいる全員が一攫千金《いっかくせんきん》を狙っている者たちか？」

「そうだろうな。ライバルたちってことだ」

「こやつらより早くお宝を見つけないといけないわけだな！」

「そういうことだ。まあ、下層に行けば行くほど人は少なくなるから、そのうち楽にお宝も手に入ると思うけど」

事前調査によると、このダンジョンは百階層まであるようで、現在は七十階層まで攻略が進んでいる。

六十階層ほどまではスムーズに攻略が進んでいたらしいのだが、そこから七十階層までで難易度が跳ね上がり、下手をすればAランク冒険者でも命を落とすほどに危険だそうだ。

「今では、毎年一階層攻略できればいい方ってくらい攻略が難しいってさ」

「それなら七十階層より下層を攻略していけば、誰にも邪魔されずお宝が取り放題というわけだな」

「そういうことになる」

ただ、七十一階層から七十階層に戻るときだけは注意しなければならない。

まだ踏破されてない階層から人が上ってくれば大問題だ。

そもそも七十階層にいる人間も限りなくゼロなのだから、あまり心配することもなさそうではあるが、用心には越したことない。

「よし！　なら行こうではないか！」

「ああ。お、あれが一番早そうだな。ほかの所より圧倒的に人が少ない」

俺は運よく人が極端に並んでいない馬車を見つけ、そちらへイスベルとともに向かう。

どこも十人以上は並んでいるのだが、そこには五人ほどしかいなかった。

今馬車が行ったばっかりなのかもしれないな。

そんな空いているところへ向かう俺たちに向けて、いくつもの冒険者たちの視線が投げかけられていることに気づく。

「……私たち見られてないか?」

「もしかして何か特別な列のルールでもあったのかもしれないな」

それなら並ぼうとした際に何か言われるはずだ。

まだ何も言われないということは、おそらく問題はないのだろう。

ひとまず列の最後尾に並ぶと、元々並んでいた連中がにらみつけてきた。

数にして五人。

どれも白銀の鎧《よろい》を身にまとい、重厚な圧力を感じる。

「私の乗る馬車に同乗しようとは、たまげた根性だな」

いや、この鎧《よろい》軍団で見えなかっただけで、奥にもう一人いる。

周りの連中より一段階豪華な——具体的にいえば装飾の多い装備を身にまとった銀髪の男だ。

端整な顔立ちで、鎧《よろい》と同じく無駄に豪華な装飾がほどこされている片手剣を帯刀している。

「貴様ら！　この方がクラン『銀翼の騎士団』を従えし王であるシルバー・イージスター様と同じ馬車に乗るなどと無礼にもほどがあるぞ！」

「よいよい、そう熱くなるでない家臣よ」

「はっ！」

……俺たちは何を見せられているのだろうか。

とりあえず分かったこととしては、こいつらがクランメンバーで、あまり頭がよくなさそうということだ。

「見たところ、そちらの女は中々の上物ではないか。私の近くに立つことを許そう。ほれ、ちこうよれ」

「む？　なぜだ？」

「なぜ？　この私が来いと言っているのだ。それ以上の理由が必要か？」

「え？」

やめろイスベル。

そんな「こいつが何を言っているのか分からないから説明して」とでも言いたげな目で俺を見たって答えられない。

「わ、私にはお前に近づく理由がないのだが……」

「関係ない。王である私が来いと言ったら来る。やれと言ったらやる。それが家臣というものだ」

「家臣じゃないのだが」

相当頭がイッてる男のようだ。

まるで話が噛み合っていない。

このままではこいつらと一緒に馬車に乗ることになってしまう。

今のうちに列を変えて――。

「お待たせしました！　十名までどうぞお乗りください！」

「ふむ、ようやく迎えが来たか。では行くとしよう」

シルバーと呼ばれた男は親衛隊どもに囲まれ、馬車に近寄っていく。

その光景に、俺は一種の違和感を覚えた。

何やら人数が増えている。

そして気づけば、俺の近くからイスベルが消えていた。

「ほら、足元に気を付けるがよい。私の妻になる女よ」

「え？　え？」

いつの間にか、イスベルはシルバーに肩を抱かれていた。

イスベルのやつ、おそらくこんな風に迫られたことが初めてで混乱している。

それにしてもあの男。

俺やイスベルの意識の隙間を狙って動いたみたいだ。

ただの馬鹿ではない。

レオナと同じAランク……下手すればそれ以上か。

「運転手、乗るのは七人だ。あそこの彼は次の便で頼む」

「よ、よろしいので？」

「私が良いと言っている。それに我々は重装備で、七人もいれば他に入る空きはなくなる。あの男は邪魔なのだ」

まずい、置いて行かれる。

あの男、本気でイスベルを連れていくつもりだ。


「ほう、人数が多いからアルが乗れないのか」

俺がせめてイスベルだけでも奪還するため近づこうとすると、その本人が口を開いた。

そして次の瞬間、鈍い音とともに、シルバーの体が宙を舞う。

周りが唖然としている中、俺は無言で頭を押さえた。

イスベルは足でシルバーを蹴り上げた体勢のまま、得意気に口を開く。

「これで一人分空きができたな！」

こっちにも考えなしが一人いたんだった。

大人数の目の前でやらかして、これからどう切り抜けるつもりなのだろうか。

多分それらの言い訳や弁解は俺がやることになる。

しかし、今はそれよりかけてやらねばならない言葉があった。

「ナイス、ベル」

「そうであろう！」

このいけ好かない男の顔面を蹴り上げたことを、俺は褒め称えるのであった。

手を引かれる勇者

「シルバー様！　しっかり！」

慌てふためく騎士たちに抱えられ、気絶しているシルバーが運ばれていく。

甲斐甲斐しく動き回っている銀翼の騎士団の様子は、なんともマヌケなことか。

「二人だ、私たちを乗せてくれ」

「は、はい……」

呆気にとられている運転手に許可をもらい、イスベルが馬車の荷台に乗り込んでいく。

俺も運転手に一礼し、荷台に乗った。

「お前に手を出すなんて、勇敢なやつだったな」

「皮肉にしか聞こえんぞ。あれはただの無謀《むぼう》だった」

俺たちが乗り込んだ時点で、ゆっくりと馬車が動き出す。

多少揺れが気になるが、気分が悪くなるほどではない。

できるだけ急ぎながら、尚且つ乗客の気分が悪くならない程度に加減してくれているようだ。

「アデル……私には魅力があるのか？」

「へ？」

何気なく荷台にある窓から外を眺めていた俺は、突然の質問に面食らってしまった。

イスベルの方へ顔を向けると、真剣な眼差しで俺を見つめている。

だめだ、この空気は誤魔化しが利く様子じゃない。

「さっきの男は私に魅力を感じたから言い寄ってきたのだろう。今考えれば、ギルドで絡んできた男も馬鹿にしてきたのではなかったのかもしれない……しかし魔王城のときにはそんなこと一度もなかった」

イスベルはトラグルのあれを馬鹿にされたと思っていたのか。

まずはそこに驚いた。

あの態度は舐めているとしか思えなかったのも確かだが――。

彼女が言い寄られたことがないのは、仕方のないことだろう。

魔王のときのイスベルは全身を鎧《よろい》に包み、顔を覆っている兜《かぶと》を被っていたために素顔も体型も分からなかった。

俺も魔術の詠唱時に女と知り、見た目を知ったのは村での再会が初めてだ。

つまりは見た目によるアドバンテージは得られない。

そもそも魔王という立場がある以上、中身を知ることができる距離まで近づいてくる者がいなかったはずだ。

「だからすごく戸惑ってしまった……今後こういうことがないように、自分が周りからどう思われているのか知りたい！」


「そ、そうか……」

イスベルは前のめりになって問いかけてきた。

馬車がダンジョンに到着するまでは、まだ時間がある。

あとしばらくは、目の前にいる人間の長所を答えるという辱めを味あわなければならないわけだ。


「イスベルのいいところ……」

期待を込めた視線を向けてくるイスベルの見た目を、よく観察してみる。

改めて見ると、絶世の美女と言っても差し支えない容姿だ。

スタイルは抜群で、十人が十人振り返ると確信を持って言える。

「確かに容姿は完璧で、それだけで声をかけてくるやつは多いだろうな」

「み、見た目か……」

イスベルは自分の顔と身体をペタペタとさわり始める。

「アデルも……私に魅力は感じるのか？」

「へ？　そ、そりゃまあ多少は」

「多少か……」

そこで落ち込まれても困るのだが。

うなだれたイスベルを前にして、俺は考える。

このままでは女の見た目しか褒められない男になってしまう。

……いや、見た目以外で一つ、思いつくことがあった。

しかし、これは直接言いにくい。

「……今はやめておくか」

「な⁉　何かあるなら言ってくれ！」

「気恥ずかしくて言えるか！　面と向かってじゃ恥ずかしいんだ！」

俺は席に深々と座り直し、窓の外の景色に目を向ける。

「教えてくれないの⁉　ねぇ！」

「だから今は言わないって言ってるだろ！」

イスベルは縋《すが》るようにして俺に近寄ってくる。

これ以上の追求をさけるために、俺は荷台の中でもイスベルから離れたところへ移動した。

移動したはずなのに、イスベルはしつこく追ってくる。

「追ってくるなよ！」

「聞きたいのだ！　教えてくれ！」

結局俺たちはダンジョンに到着するまでの間、追いかけっこを続けていた。

その結果、到着した頃には汗だくというひどい状態。

準備運動としては最適だったが、今後は御免被りたいものだ。

◆
◆
◆

「こ、これが……ダンジョンの入口か……」

「そうだ……ここから下って、ようやく一階層に行ける……」

俺たちは息を切らしながら、巨大な洞窟の入口に立っていた。

洞窟の奥には地下へ下る階段があり、ダンジョンはそこからが本番となる。

「それにしても、さっきあれだけの人間が待機していたのに、入口付近には我々しかいないのだな」

「この洞窟型の入口は複数あって、乗った馬車によって連れてこられる場所が違う――らしい。だからまだしばらくは人はこないはずだ」

冒険者が固まりすぎないよう、入口は複数になるよう改造してあるようだ。

おかげで狩場争いなども減り、冒険者たちどうしのトラブルが大きく減ったと聞く。

「んじゃ、行くか」

「う、うむ！」

俺たちはダンジョンへと足を踏み入れる。

階段を下り、一階層へと降り立った。


「おお！」

岩の壁に囲まれた道が延び、その所々に含まれた魔石が光を放つことで光源が確保されている。

これなら視界に困ることはなさそうだ。

「行くぞアデル！　早く！　早く！」

「そんな急かすなって！」

イスベルが俺の手を引き、ダンジョン内を進んでいく。

こんな風に騒がしく駆けていたら――。

「グォォォォォォ！」

「む、何だ?」

別の通路から、雄叫びを上げながら『オーガ』が姿を現す。

オークと体格自体は似ているが、肌の赤さと頭に生えた角が明確な違いを生み出していた。

そしてオーガは脂肪でなく分厚い筋肉を携えている。

下級の魔物の中でも、打たれ強さと怪力から危険な魔物認定されていた。

「おい！　あいつはオーガ――」

「邪魔だ！」

イスベルは俺を掴んだまま加速し、剣を抜刀した。

そしてそのまま、目の前のオーガをひと振りで斬り伏せる。

彼女が止まる気配はない。

「行くぞ！　目指すは最下層だ！」

「分かったから離せ！　一人で歩けるから！」

目の前に飛び出してくる魔物を斬り払い、真っ直ぐ二階層を目指す。

このままのスピードで進めば、最下層到達も夢ではない――かもしれない。

◆　◆　◆

先ほどまでアデルたちがいたダンジョンの入口の前に、二人の男女が立っていた。

男の方は赤い髪を持ち、女は長い青髪を持っている。

体にはそれぞれの髪色と同色のローブをまとっており、はっきりとした体格は分からない。

「レッド、準備はいいかしら」

「誰に聞いてんだ、ブルー。さっさと始めるぞ」

二人はダンジョンの中へと足を踏み入れる。

「さあ、実験の時間だぜ」

レッドと呼ばれた赤い髪の男は、悪意に満ちた笑みを浮かべる。

ブルーと呼ばれた女性は呆れた様子で肩を竦《すく》めるが、その笑みは同じく邪悪なものだ。

二つの悪意が、ダンジョンの中にいる冒険者たちに迫ろうとしていた——。

置いていかれた勇者

「鈍いわ！」

「ピギィ！」

巨大なカマキリの魔物を自慢の鎌ごと両断したイスベルは、剣についた体液を払ってため息をついた。

「アデル、どれだけ進んだ？」

「今三十階層ってところだ。あと少しで折り返しだな」

「思ったより長いものだな」

俺は魔物から魔石を回収しながら、先の道を見据える。

ここまで来るのに約二時間ほど。

俺たちより早くダンジョンに入った連中を抜かして引きはがしてしまうほどに、俺たちの進行速度は速かった。

それも、ほとんどイスベル一人の力でだ。

先頭を行きたがるイスベルが立ちふさがる魔物を一刀両断してしまうため、俺の出番はほとんどない。

こうして魔石回収係として働くのも様になってきてしまった。

「それにしても、ずいぶんと他の人間の気配が消えたな。ほとんど魔物の気配しか感じないぞ」

「この辺りから魔物の強さが跳ね上がるからな。効率よく稼ぐことを目的にしている冒険者たちは二十階層から三十階層の間で狩りをするみたいだ」

ダンジョン内の魔物はいわゆる「無限湧き」というやつで、一気に狩ればしばらく数は少なくなるが、やがて元に戻る。

どこから生まれるのかはいまだに研究中で、詳しいことは分かっていない。

要は、弱い魔物でも無限に狩り続けることができるため、比較的安全に魔石を確保し金に換えられるということだ。

時間はかかるが、日々の生活費を稼ぐ程度であれば十分である。

「めぼしい依頼がないときの冒険者が当面の生活費を稼ぐために来ることが多いみたいだから、わざわざ危険は冒さないさ」

「それはつまらぬな。張り合いもない」

「張り合う必要はないだろ？　俺たちも俺たちのペースで進めばいい」

「こう……闘志に関わるのだ！　単調になってくるとどうしても飽きが来る」

「それは――まあ、その通りだな」

俺は黙々と何かをこなす作業が嫌いではないため、こうしたただ魔物を蹴散らし進むだけというのも苦に感じない。

剣術の訓練等も、好きで取り組んでいた節がある。

しかし、かつての仲間たちにもダンジョンに潜った際に苦言を吐かれたことを思い出した。

「といっても、七十階層までのお宝とかは回収されてる可能性が高いからなぁ……まだしばらくはこんな感じだと思うぞ？」

「むー！　まどろっこしい！」

イスベルが剣をしまい、拳を握り込む。

大変嫌な予感がした。


「おい、やめ――」

「こうすれば早いではないか！」

ダンジョン全体を揺るがすような轟音《ごうおん》と衝撃が響く。

破砕音とともに、俺の体を浮遊感が包み込んだ。

この女、やりやがった。


「どうせ下に階層があるのだ！　こうすれば一直線であろう？」

「一直線であろう？　じゃねぇよ！　バレたらどうすんだよ！」

「？　バレたらどうなる？」

「そりゃお前……」

あれ、どうなるんだ？

俺が調べた中に、ダンジョンを破壊した場合についての情報はなかった。

そもそもの話、こんな分厚いダンジョンの壁、床を破壊しようなどと思う者がいなかったのだ。

つまり前例がない。

誰も破壊できると思っていなかったせいで、明確に規約が設定されていないのだ。

「とりあえず罰がないのであれば、次の床も抜くぞ」

「いや、ちょっとま――」

「ふんっ！」

以降、同じことの繰り返し。

床を砕き、着地と同時に下層の床を破壊する。

真下に魔物がいれば、それごと床をぶち抜いた。

瓦礫《がれき》と共に落下していく俺たちは、驚異的なスピードで下層へ下層へ降りて――いや、落ちていく。

「これで七十階層！」

イスベルの手はようやく止まり、俺はしっかりと着地することができた。

落ちてくる瓦礫《がれき》をよけながら、俺はその惨状を見る。


「これはひどい」

見上げてみれば、はるか上まで一直線に延びる穴。

間違いなく最短の近道が完成した。


「もう最下層までぶち抜いたらいいんじゃないか？」

「それではお宝を無視することになるだろう！　私は冒険とお宝を求めに来ているのだ！」

「はぁ……まあ確かに最下層へたどり着くことが目的じゃないしな」

俺はため息をつきながらも、冷静に辺りを見渡すことにした。

景色は上階と変わらないが、明らかに魔物の気配が強く、濃くなっている。

ここから下の階へ進むのであれば、俺たちでも用心が必要だ。

「さあ！　私たちの冒険はここからだぞ！」

「はいはい。慎重にな」

一応たしなめるような言葉をかけておくが、このイスベルのはしゃぎようを見ていると無駄な気がする。

イスベルよりはダンジョンに詳しい俺が気を張る必要がありそうだ。

「よし、行くか——」

そう思い、気を引き締めた瞬間。

俺は上空からの気配に気づき、とっさにイスベルが空けた穴を見上げる。

そこから落ちてくる二つの影。

イスベルも気づいたようで、俺たちは穴から距離を取った。

「へっ、こんなところに近道があるとはな！　お前らが空けてくれたのか？」

七十階層に着地したのは、髪からローブから真っ赤な男と、男と同じ場所が青色になっている女だった。

不気味な雰囲気を感じる。

純粋な魔力とは違う、得体の知れない力を感じるのだ。

「レッド、時間が惜しい。私は奥へ行く」

「ブルーはせっかちだねぇ。まあいいや、行って来い。俺は哀れにも目撃者になっちまったこいつらを片付ける」

「しくじらないでね」

「誰に言ってんだよ」

ブルーと呼ばれた女が俺たちに背を向け、ダンジョンの奥へと駆けていく。

レッドと呼ばれた男は不気味な笑みを浮かべながら、瓦礫《がれき》の上から俺たちを見下ろしていた。

「おいアデ——じゃなかった！　アル！　あの女お宝を独り占めするつもりだぞ！」

「いや、違うと思うけど」

「くっ、そうはさせるか！　ここは任せたぞ！」

「え？」

イスベルが駆け出す。

持ち前の身体能力で、瞬く間にブルーという女が向かった方向に消えていってしまった。

俺は虚空に伸ばした手を、そっと下ろす。

腐っても元魔王だし、心配しているわけではない。

仮に戦闘になっても負ける方が難しいだろう。

それでも、イスベルはダンジョンに疎《うと》い。


多分、迷う。

「ま、死ななきゃ平気か」

「よそ見とは余裕だなぁ、これから死ぬんだぜ？」

「ん？　ああ……」

そうか、自分の心配をしなければ。

久しく戦闘らしい戦闘をしていないから、少しだけ勘が鈍っていたようだ。

「散々戦わされたけど、別に戦いが好きってわけじゃないんだ。やるならさっさとやるぞ」

「へっ、強がり野郎か。お望み通り殺して――」

レッドの言葉の途中、俺はイスベルが空けた穴の方から新たな気配を感じ取った。

それはレッドも同じだったようで、素早く穴の真下から離れる。

「ぬおぉぉぉぉぉぉぉ！　へぶっ」

下りてきた……いや、落ちてきたのは、銀色の鎧《よろい》をまとった男だった。

俺はこの男に見覚えがある。

「ぐっ……この私がこんなみっともない着地をしてしまうなんて」

「あんた……馬車の列にいた」

「む！　貴様はあの女の隣にいた男ではないか！」

瓦礫《がれき》の上で埃《ほこり》だらけになっている男は、先ほどイスベルに豪快に蹴り飛ばされた『銀翼の騎士団』のマスター、シルバー・イージスターだった。

シルバーは全身についたほこりを払い、立ち上がる。


「あんた、どうしてここに？」

「王とはいえ冒険者の端くれなのだ。ダンジョンにいて不自然ではあるまい」

「いや、まあそうなんだけど……それにしては地上からここに来るのが速い気がして」

「Aランク冒険者は上層の狩場を荒らさないために、三十階層まで転移する特権が与えられているのだ」

なるほど、俺たちが三十階層にたどり着くまでに約三十分。

次の馬車と転移の時間を考えれば、辻褄《つじつま》が合う。

「それにしても何だここは……おかしな穴に落ちたと思ったら、どうして貴様がここにいる」

「……落ちたのか？」

「お、落ちたのではない！　下りたのだ！　家臣たちは何があるか分からぬため三十階層に残してな」

「……」

こいつ、ちょっと面白いな。

「ここは七十階層。さっきあんたを蹴り飛ばしたベルって女が、面倒くさがって床をぶち抜いたんだ」

「何だと？　あの女……私を蹴り飛ばすだけにとどまらず、常識すら打ち破るとは」

口に出すことはできないが、あれでもれっきとした魔王だ。

常識などが通用するわけはない。

ただそれを考えると、魔王に蹴り飛ばされてもピンピンしているこの男は何者なのだろうか。

「オイ、そろそろ俺も混ぜてもらっていいかねぇ？」

「あ、忘れてた」

「む、なんだ貴様は」

「……てめぇら舐め腐ってんなぁ」

置いてけぼりをくらっていたレッドという名前らしい男の頭に、青筋が浮かび上がる。

「まあいいや、目撃者が増えたならまとめて消せばいいし。恨むなら自分の運命を恨めよ？」

気が付けば、レッドの周囲に膨大な魔力が集まっていた。

それはレッドの肉体へと吸収されていき、彼自身が内包する魔力量を底上げしている。

明らかに何らかの魔術の準備をしているのだが、どうにも奇妙だ。

「おい貴様」

「アルって呼んでくれよ」

「ふん……アルとやら、あの男は何をしようとしている？」

「あいにく分からない。シルバー、あんたも分からないのか？」

「様をつけぬとは不敬なやつめ……まあいい。認めたくはないが、私にも分からん」

そう、仮にも多くの戦場を経験し、死線を何度も潜り抜けた俺が、レッドの発動しようとしている魔術が特定できないのだ。

専門家というわけでもないが、俺だって決して無知ではない。

そしてAランク冒険者らしいシルバーにも分からないのであれば、今から発動されようとしている魔術は、極めて珍しい物――さらに言えば、いまだ誰も使用したことがない前例のない魔術の可能性がある。

「見て驚け……これが俺たちの研究成果だ」

レッドの足元に、巨大な魔法陣が広がる。

その範囲内にいた俺とシルバーは素早く飛び去るが、何かが起こる気配がない。

「ふむ、ただのはったりか」

「いや……違う」

そんなわけがない。

レッドがため込んだ魔力は、すべてあの魔法陣に集約されている。


「生まれいでよ――クソ豚ども！」

レッドが手を掲げる。

次の瞬間、どこからともなく無数の雄たけびが聞こえてきた。

辺りを見渡すが、俺たち三人以外に影はない。

しかし、雄たけびは確かに圧を増している。

そして見えない敵の声に警戒心を強くする中、そいつらは現れた。

「オオォォォォォォォォ！」


レッドの周囲に展開された魔法陣。

そこから一匹、二匹と、赤黒い肌をした巨体たちが姿を現す。

外見はオークにそっくりだが、体格が二回りほど大きい。

口元に見える牙はオークよりも狂暴で、棍棒などの武器を持つはずの手には、鋼の斧や剣が握られていた。

「ハッハッハ！　総勢三十体のアークオークの生誕祭だ！　楽しんでいけよ！」

「……まじか」

アークオーク――オークの進化種といわれており、Ｂランク相当の魔物だ。

自然界で長く生き延び、数々の死闘を潜り抜けてきた歴戦のオークのみがアークオークと呼ばれるようになるため、数は圧倒的に少ない。

だからこそ、この状況は異常だ。

数年間の旅の中、様々な魔物と戦ってきた俺ですら遭遇したのは一度きり。

そんな魔物が、一度に三十体。

召喚魔法でも、こんなことはできない。

「こいつらはな、俺が生んだ可愛い可愛い子供たちだ。親の命令はなんでも聞いてくれる。例えば、てめぇらを始末しろ……とかな！」

「オオォォォォォォ！」

アークオークが俺たち目掛け、武器を振りかぶりながら駆けてくる。

大変面倒くさいことではあるが、応戦するしかないようだ。

「ふん、豚風情が」

俺が剣を抜こうとした瞬間、シルバーが俺とオークたちの間に立ちふさがる。

その手にはすでに剣が握られていた。

「一丁前に私の前で雄たけびを上げるなどと、万死に値する」

シルバーの顔つきが変わった瞬間、彼の体から白銀のオーラが噴出した。

それによって場の空気が変わる。

数で勝るはずのオークたちの獣臭い空間を、一瞬にして高貴な空気が塗り替えてしまった。

さすがは王を自称するだけのことはある。

これほどの力は、王と呼ぶに相応しい――。

「今の私に恐れるものは、先ほどの女以外に何もない！」

――あまり相応しくなかった。

などと俺が呆れているうちに、一体のアークオークがシルバーの目の前まで迫っていた。

「っ！　シルバー！」

「ふん」

シルバーは、避けようともしない。

このままでは、確かな破壊力を持つ斧によってシルバーの体は真っ二つに切り裂かれるだろう。

しかし、すぐにその心配は杞憂《きゆう》であることが分かった。

「オ……オオ……？」

斧がシルバーに叩きつけられる。

その斧は頭部を的確に捉えたはずだった。

捉えたはずなのに、どういうわけか粉砕されたのは、アークオークの持っていた斧。

甲高《かんだか》い破砕音とともに、その破片が辺りに散らばる。

「何人たりとも、王を傷つけることなど不可能なのだ」

シルバーは混乱しているアークオークを、持っていた剣で一閃《いっせん》のもとに切り捨てる。

心の底から美しい太刀筋だと感じた。

空気すら切り裂くその一閃《いっせん》は、剣士としても最高峰の技を持っていることが窺える。

「アルとやら」

「何だよ」

「あの女に、二度と私に近づかないよう言っておけ。私の誘いを断った者に再び会おうものなら、この手で切り捨ててしまいそうになるからな」

「……ベルにビビってるだけじゃないのか？」

「何を言うか！　この私が一度傷つけられたくらいで怖がるわけがなかろう！　一度傷つけられたくらいで！」

「トラウマになってるじゃないか」

さっきの攻防を見る限り、シルバーは何者にも勝る頑丈さを持っているようだった。

王と名乗るほどに自信があったその防御力を、イスベルがただの蹴りでダメージを与えたために恐怖心が生まれているのだろう。

もうイスベルに自分から近づこうとはしないだろうが、何というか……切ない男である。

「王である私が怯えるなどとあってはいけな――ぐっ！　今話している途中であろうが！」

「ぼぎゃ！」

怒鳴り散らすシルバーの頭部を、別のアークオークが殴りつける。

不意打ちで一瞬ひるんだシルバーだったが、すぐに反転しそのオークの首を切り裂いた。

「ふん、不敬者が」

「っ……！　貴様なにもんだ？」

「私が何者か、だと？　無知な貴様に教えてやろう！」

シルバーは、剣についた血を振り払い、レッドに向ける。

「クラン『銀翼の騎士団』の王、シルバー・イージスターである！　跪《ひざまず》くがよい！　全身赤色の愚民よ！」

試される勇者

「てめぇが只者じゃねぇってことはよく分かった。だがな、この数のアークオークを捌《さば》ききれるかよ？」

レッドは少しの間驚いた顔をしていたものの、自分の周りの戦力を再認識したようで、現在はさっきまでの余裕の表情を取り戻している。

「ふん、まだ気づかぬか」

「何？」

「貴様が生みだしたなどという豚どもでは、この私に傷一つつけることができないということを」

「っ！　ほざけ！　その虚勢がいつまで持つだろうな！」

剣を構えるシルバーの周りを、アークオークが取り囲む。

オークたちは斧を、槍をシルバーを殺すためだけに振るった。

囲まれている以上、シルバーがそれらをかわすことは不可能。

当然、すべてをその身に受けることになる。

「無駄だ」

しかし、やはり壊れたのはオークたちの武器の方だった。

鉄製の武器がことごとく砕け散り、地面に散らばる。


「ど、どういうことだよ……！」

レッドはこの現象の正体が理解できていないようだ。

無理もない。

俺も最初は信じられなかったし、実際まだ疑っている。


概念魔術——噂程度の情報しか出回っていない、明確な定義のされていない魔術だ。

発現の理由や、鍛え方すら不明という研究のしようがない魔術でもあり、使い手は片手で数え切れるほどしかいないといわれている。

さらにいえば、概念魔術を扱える人間はそれ以外の魔術をまったく使えなくなる代わりに、ある一つの分野において他の追随を許さない実力者となる。


「貴様は気づいたようだな、アル」

「……その言い方は、やっぱり概念魔術で合っているみたいだな」

「うむ。初見で見破るとは、貴様も只者ではないな」

シルバーは周りにいたオークたちを瞬く間に切り捨てて、会話を続ける。

「私の概念魔術は、『絶対防御』。これを発動している間は、私を傷つけるという行為は絶対にできない」

「オ……オオォォ！」

動揺するオークがやけくそに斧を振り下ろしてくる。

シルバーは、あえて首を傾けた。

そして、わずかに滞空していたシルバーの髪の毛に、斧が当たる。

それだけのことで、振り下ろされた斧は破砕音とともに砕け散った。

髪の毛一本ですら斬ることができない。

絶対防御という名は伊達ではないようだ。

「誰もこの私を倒すことはできない。ゆえに王と名乗っているのだ」

シルバーは次々に襲い掛かってくるオークたちを、決して避けることなく正面から切り捨てていく。

その威風堂々たる態度は、確かに王と名乗るにふさわしいものだ。

少なくとも、普段のイスベルよりはよっぽど王らしい。

「チッ、厄介なやつと当たっちまったみたいだな」

「ようやく気づいたか、赤きものよ。それでどうする？　あれだけいたオークは全滅したが」

気づけば、この場に立っているのは俺とシルバー、そしてレッドだけだった。

アークオークたちからすれば、災害に当たってしまったようなものだ。

数秒と経たずに、残り二十体以上はいたはずの仲間たちが殺されたのだから。

「使えねぇ野郎どもだ……仕方ねぇな」


レッドは足元に唾を吐き捨てる。

そして、シルバーをにらみつけた。

「仕方ねぇから直々に俺様が相手になってやるよ」

「初めからそうしていればいいものを……私に時間を取らせるな」

「うるせぇ！　分かってんのか？　てめぇの手の内はすでに丸わかりなんだよ！」

レッドの全身から、真紅の炎が噴き出す。

この感じ、相当な火属性魔術の使い手だ。

「今すぐてめぇの余裕面、焼き消してやるからよぉ！」

飛び上がったレッドは、シルバーに手を向けた。

「火炎の弾丸《フレイムバレット》！」

放たれたのは、無数の人間大の炎の弾丸たち。

本来抱えられる程度の大きさを一発放つだけの魔術のはずが、巨大にして尚且つ連射している。

まごうことなき実力者だ。

甘く見ていれば、あっさりと狩られてしまうレベルの――。

「ふん。芸のないことを」

しかし、シルバーには関係のないことだ。

ゆっくりと、炎の弾丸をその身に受けながら前に進む。

着弾した弾丸は霧散し、火の粉を残して消えてしまう。

「ならこれはどうよ！」

レッドの手に、火種が浮かび上がる。

……そのまとっている魔力から予想するに、ただの攻撃魔術ではない。

「炎獄庭園！」

その火種を、レッドはシルバーに向けて投げつけた。

「無駄だと言っている」

当然、シルバーはよけず、その身で受けた。

案の定、絶対防御に弾かれた火種だが、地面に落ちたときに異変が起こる。

「む、何だこれは」

「お前を殺す炎だ！」

火種が地面に落ちた瞬間、その周囲が一気に燃え広がった。

俺の所までは広がることはなかったが、中心にいたシルバーの周りは足の踏み場がないほど炎上している。

その炎はまだ勢いを増しており、瞬く間にシルバーの姿を隠してしまった。

「この程度で私を倒せると思っているのか？」

「倒せやしねぇだろうな……だが、これで十分なんだよ」

「何を言って――」

確かに、こんな広範囲の炎じゃ威力も分散してしまって、ますますダメージなど与えられないだろう。

本来、こういった魔術は耐久力の高い敵に対し、継続ダメージを与えることを目的とされた
……継続ダメージ？

「っ！　シルバー！　さっさと脱出しろ！」

「何？」

「はっ！　気づくのがおせぇよ！」

炎の中、シルバーが膝をつく様子が窺えた。

だめだ、遅かった。

「息がっ……吸えぬ……！」

「そうだ！　こんな炎に包まれた空間で息が吸えるわけがねぇ！　傷はつけられなくたって、殺し方は他にもあんだよ！」

初見だったら、こんな攻略法を思いつくはずがない。

オークとの戦闘中に、シルバーは手の内を見せてしまった。

概念魔術の使い手は、初見の相手にはめっぽう強いが、一度手を見せた相手には極端に弱くなる。

戦う手段が一つしかないのだから、その一つを対策されてしまえばどうしようもないからだ。

「っと、冷静に見てる場合じゃないな」

俺は剣を抜く。

まずはシルバーを助けなければ。

「お、何だ？　てめぇも同じ目に遭いたいのか？」

「死んでも勘弁だ。俺はシルバーみたいに頑丈じゃないからな」

俺は手をレッドに向ける。

放つ魔術は、暴風の弾丸《ウィンドバレット》。

風の塊を撃ち出す魔術だ。

「そんな魔術が俺に効くと思ってんのか！」

「思ってないぞ」

俺は放つ寸前のその手を、炎の中にいるシルバーへ向け直し、放った。

風の弾丸は間違いなくシルバーに当たり、その体を大きく吹き飛ばす。

炎の外へと。

「ごほっごほっ……ふぅ、ほかにやり方はなかったのか？」

「どうせダメージはないんだろ？」

「不敬者め。吹き飛ばされるために解除していたに決まっているだろう」

「それでもほぼ無傷じゃないか……」

俺の目的は、シルバーを炎の中から離脱させること。

その思惑を目の当たりにしたレッドは、わなわなと手を震わせていた。

「てめぇ……」

「本当は放置しておくはずだったんだけどな」

正直、シルバーだったらあの炎からの脱出程度、わけなかったはずだ。

息を止めながら炎の中を走り抜ければいいのだから、足さえあれば誰にだってできる。

しかし、シルバーはそうしようとはせず、ただ俺を見ていた。

シルバーはあの状況で、俺を試そうとしたんだ。

俺が何者なのか、見極めようとしていたのだ。

「面倒ごとを誰かひとりに押し付けるのって性に合わないんだ。俺も少しは働くことにしただけだよ」

「雑魚《ざこ》が……っ！　調子に乗ってんじゃねぇよ！」

レッドから噴き出す炎の出力が、格段に上がった。

それでも、俺は落胆する。

この程度かと。

「お前のいう雑魚《ざこ》が、どれほど危険かってくらいは教えてやる」

俺は剣を構え、静かにレッドをにらみつけた。

得意な魔王

「待て！」

「……しつこい女」

七十階層を、二人の女が駆け巡っていた。

追われている側は、レッドとともにいた青い装束を身にまとったブルーと呼ばれる者。

もう一人は、魔王としての悪名が名高いイスベルである。

「なぜ私を追う？」

「私の前にいるからだ！」

「理由になってないのだけど」

ブルーはダンジョン内を駆けているうちに、広い空間へとたどり着く。

しかし、その空間のどこを見ても入ってきた道以外の出口がない。

完全に行き止まりである。

「ふっふっふ、ついに追い詰めたぞ」

「……あなた、本当に何しに来たの？」

「そんなの決まっているであろう！　えっと……あれ、私は何しに来たんだっけ？」

追い詰めた喜びから本来の目的を忘れてしまったイスベルに、敵であるはずのブルーでさえ呆れてものを言えなくなってしまった。

「お、そうであったそうであった！　私は貴様にお宝をすべて奪われぬように追いかけてきたのだ！」

「お宝？　何のことか分からないけれど、ここまでついてこられた以上、あなたにも実験に付き合ってもらうわ」

「実験？」

イスベルが首を傾げた瞬間、ダンジョン内にいくつものうめき声が響き始める。

「ここは通称モンスターハウス。ただの行き止まりに見えるけど、入り込んだ人間を始末するためのトラップ部屋なの」

「なに？」

「ほら、聞こえるでしょう？　ここで侵入者を狩る使命を受けた、不死身の化け物たちの声が」

気づけば、二人の足元には黒い靄《もや》が立ち込めていた。

信じがたいことに、嘆くようなうめき声は、この靄《もや》の中から聞こえてくる。

金属どうしが当たる音とともに、その魔物たちは現れた。

「不死身の騎士《アンデットナイト》。この地で死んでいった騎士たちのなれの果てよ」

『オォォォォォォ！』

所々が欠けている壊れた鎧《よろい》を身にまとった騎士たちが、今度は雄たけびとともに靄《もや》の中より現れた。

鉄仮面の奥に怪しく光る赤い目は明確な敵意を孕んでおり、それらは中心にいるブルーとイスベルへと向けられている。

「む？」

「偉そうに解説してはいるが、貴様こそ罠にかかっているではないか」

「私は罠にかかったんじゃなくて、わざとあなたごと罠にかかったの。実験のためにね」

今にも騎士たちが襲い掛かってくるという状況で、ブルーは目を閉じた。

訝しげに見ているイスベルの前で、ブルーの周囲に魔法陣が展開される。

イスベルはまだ知りえないが、この魔法陣は色こそ違えど、別の場所でレッドが使用したオークを生み出す魔法陣と酷似していた。

「支配術式、タイプ不死身の騎士《アンデットナイト》」

魔法陣が、空間の端から端まで広がる。

反射的に飛び上がったイスベルだったが、その魔法陣がまったく自分に影響を及ぼさないことに気づいた。

しかし、何も起きなかったわけではない。


『お……お』

「狙いは私ではなかったということか」

「ご名答」

着地したイスベルの周りにいる騎士たちは、小刻みに震えてはいるものの、動く気配を見せなくなった。

ブルーの展開した魔法陣の影響を受けていることは一目瞭然である。

「主を持たない魔物の支配実験はとりあえず成功。あとは、命令を聞くかどうかかね」

「支配？　なんだ貴様、こやつらを飼う気なのか？」

「だったら？」

「やめておけ。臭いし頭は悪いし大して強くもなくて使い物にならん」

「強くないって、やっぱりあなた頭がおかしいのね。不死身の騎士は一体でBランクの魔物。これだけいたら、Aランク冒険者だって危険な存在なのに」

イスベルは周りを見渡し、不死身の騎士を改めて観察する。

彼女にとって、この不死身の騎士たちがなぜこれほど恐れられているかが意味不明であった。

魔王として指揮を執っていたときのイスベルは、兵隊として不死身の騎士を使っていたこともあったが、結局勇者を足止めすることすらできず、捨て駒にしている。

そのため、イスベルの中での不死身の騎士は最低の評価なのだ。

「危険とは言っても、簡単には死なないだけであろう？　それのどこが危険なのだ」

「……あなた、本当に頭がおかしいみたいね。もしかして目の当たりにしたことがないから、そんなことが言えるの？　だったら、ちゃんと教え込まないと」

ブルーは、イスベルのことを指さした。

その瞬間、この空間にいる不死身の騎士たちの視線がイスベルへと向けられる。

殺意がこもった視線を一身に浴びて、イスベルは感心したように声を漏らした。

「ほう、面白い。私の他に魔物を使役する者がいようとはな……」

「声が小さくて聞こえない。命乞いならもっと大きな声で言って」

「誰が命乞いなどするものか！」

「なら――――死んでよ」

騎士たちが一斉に動き出す。

刃こぼれがひどく、錆《さ》びついた剣を振り上げ、イスベルの命を刈り取るために近づいてきた。

しかし、イスベルはブルーから目をそらさない。

刃が振り下ろされ、当たる寸前になっても、それは変わらなかった。

そして、騎士たちの刃が彼女に届くこともない。

「──氷結世界《アイスワールド》」

イスベルが一言つぶやいた。

次の瞬間、すべての騎士の動きが完全に停止する。

騎士たちは全身を氷に包まれており、指先一つ動かせないようだ。

「で、何が不死身だって？」

「なっ……これは……？」

凍ってしまった不死身の騎士に、ブルーが手を伸ばす。

すると、指先が当たったと同時に氷ごと砕け散ってしまった。

欠片《かけら》となった氷が光を反射させながら、地面に落ちていく。

ブルーは、それを呆然と見送ることしかできなかった。

不死身の騎士がなぜ不死身と呼ばれているのか。

それは、騎士たちの驚異的な生命力に由来する。

頭を斬り飛ばされても動き、心臓を穿たれても動き、バラバラにされてもそれぞれのパーツが動き出す。

どこまで追い詰めても油断することができない、それが不死身の騎士の特徴だった。

だからこそ、物理攻撃が意味をなさないことを理解しているイスベルは、別の手法を取った。

「私はこう見えて氷属性魔術が得意なのだ。こんな腐りかけの騎士ならば、芯の芯まで凍らせてしまった方が早い」

イスベルが、剣を振り下ろしていた騎士にそっと触れる。

それがきっかけとなり、周りにいた不死身の騎士たちはまとめて砕け散った。

「実験とやらは済んだか？　ならばそこでじっとしておけ。私はこの先のお宝を回収しなければならないのだ」

「あ……」

ブルーがその場に座り込む。


何もかもが桁違いであった。

これほどの魔物を一瞬で凍らせるほどの魔術、そしてその魔術を発動させるための魔力。

どう観察し、思考を巡らせようが、この女には勝てない。

イスベルが本気になれば、すでに自分も生きてはいなかった――。

そう思ってしまえば最後。

もう立ち上がる力は残っていなかった。

「……魔王」

「っ！」

そのとき、ブルーの口から単語がこぼれる。

彼女からすれば、無意識に出た言葉だった。

自分の知る中で、これほどの実力を持つ存在は魔王か勇者、ほか数名のAランク冒険者しかない。

その中で一番早く思いついた魔王という言葉が、ふとした拍子に漏れてしまっただけなのである。

「今……何といった？」

それが、魔王イスベルの逆鱗《げきりん》に触れるとは思いもしなかっただろう。

「その名で呼んだ以上、生かしてはおけぬな」

座り込むブルーが凍り付くまでに、一秒も必要としなかった。

一撃の勇者

「雑魚《ざこ》がぐちぐちと……消し炭にしてやるよぉ！」

レッドの両手に、巨大な炎弾が現れる。

どうか、その程度の攻撃を続けてくれ。

シルバーも見てる中で、できれば手の内は明かしたくない。

勇者としての力なんてもっての外だ。

俺は剣を低く構えながら、レッドへ向けて駆けだす。

「オラァ！」

炎弾が放たれる。

一直線に飛んでくる二つの攻撃を、一つはかわし、一つは剣で受け流してしのぐ。

その間も足は止めない。

このまま近づいて、一撃で仕留める。

「そんな真っ直ぐ突っ込んできていいのかよ？」

「何？」

レッドの正面まで接近した瞬間、足元に何か嫌な感触がした。

「火炎地雷《フレイムマイン》」

吹きあがる炎の本流。

突然足元から火柱が立ち上がったのだ。

しかし、反応できないものじゃない。

俺は身をひねってかわし、かわした際に蹴った足とは別の足で地面を強く踏み込んだ。

「ふっ！」

踏み込むと同時に剣を一閃《いっせん》。

真横に振った剣が、レッドの体をとらえる。

いや……どうやら外したようだ。

「残念だったなぁ」

目の前にいたレッドが炎となり、俺の体にまとわりつこうとしてくる。

炎の隙間から、向こう側に本物のレッドが見えた。

二重トラップ――頭に血が上りやすいように見えて、意外と繊細なことをする。

「炎の鎖《フレイムチェーン》だ！　そう簡単に逃げられると思うなよ！」

襲い掛かってきた炎は無数の鎖を形作り、俺の体をとらえるため背中の方にも伸びてくる。

完全につかまってしまう前に、俺は剣を間に挟み締め付けられるのを回避した。

背中や腕に炎の鎖が当たった瞬間、表面の皮が焼けて嫌な臭いを放ち始める。

魔王を倒すためだけに鍛え上げた俺の体が焼ける温度に、嫌な予感がした。

よく見れば、防御のための剣に変化が訪れている。

鎖と触れている部分が、溶け始めているのだ。

鉄をも溶かす温度……このままでは俺の体も持たない。

「くっ！」

俺は無理やり鎖を押し広げ、飛び上がって脱出する。

ある程度距離を取り、ひとまずは難を逃れた。

「チッ、とらえきれねぇか。めんどくせぇやつだな、てめぇも」

「面倒くさいはこっちのセリフだ……」

横目で剣を見る。

溶け始めたのは片刃だから、まだ振れないことはない。

しかし極端に脆くなってしまっているため、長期戦には対応できないだろう。

「仕方ないな」


「何だぁ？　命乞いでもするのか？」

「そんなわけないだろ」

俺は剣を振りかぶり、腕に力を込める。

剣を見る限り、もって一撃。

一撃でレッドを倒すには、それなりに力を解放しなければならないだろう。

「受け止めるより、避けることをおすすめするぞ」

「はっ、どうせ悪あがきだろうが！」

レッドの片手に炎が集まっていく。

避ける気はないようだ。


「……後悔するなよ」

「雑魚《ざこ》がうるせぇなァ！　何をしようとテメェはここで死ぬんだよ！」

今までで一番大きな火球が、レッドから放たれる。

俺は息を整え、ただ真っ直ぐ剣を振り下ろした。

音が、消える。

◆◆◆

「っ！　この気配……」

イスベルの背中に悪寒が走る。

アデルの下へ戻るために歩いていたイスベルは、今感じた気配に覚えがあった。

「まったくもって恐ろしい男だ。軽く剣を振るだけで、これほどの影響力があるとはな」

その身でアデルの剣を受けた者だからこそ分かる、本気の太刀筋の気配。

イスベルですら無傷で済まなかった「ただの斬撃」を受けたであろう相手に、同情を覚えてしまう。

「戻るか……」

結局この場所は行き止まりであり、進むには一度戻るしかない。

イスベルは決着がついているであろうアデルの下へ、冷や汗を流しながら戻るのであった。

◆◆◆

「がっ……んだよ、これ……」

肩から足にかけて斬り裂かれたレッドは、大量の血を流しながら疑問を吐く。

両断するつもりだったが、レッドの放った火球に押され骨や内臓器官を傷つけるだけに留まった。

しかし、それでも十分致命傷。

戦いは終わった。

「悪いけど、俺は回復魔術は不得意なんだ。お前はここで死ぬ」

「てめぇ……なにもんだ」

「今はただの隠居生活中の村人だ。もう、ただの一般人だよ」

「ふざ……けんな……」

そう言い残し、レッドは地面に伏せた。

血が広がっていき、生命の息吹が途絶える。

俺は殺意を込めて振ったせいで折れてしまった安物の剣を、辺りに放り投げた。

市販の剣では勇者の一撃には耐えられない。

今後もしこういうことがあるのであれば、何とか頑丈な剣を手に入れるしかないな。

「終わったようだな」

「ああ、倒したぞ」

シルバーが近づいてくる。

動かなくなったレッドを見下ろし、シルバーは首を傾げた。

「結局のところ……こやつらは何者なのだ?」

「いや、俺に聞かれても分からない。ただ、実験が何だとか言ってたな」

ダンジョン内で人を襲う。

その時点で町の衛兵に突き出し拘束してもらうべき案件なのだが、連中の行動原理は確かに気になる。

何かの組織的力も感じたし、調査して――。

「――いや、何を考えてるんだろうな」

「何だ？　私を無視して考え事か。不敬なやつめ」

「無視はしてないから。少し、昔の癖が出そうで嫌になっただけだ」

俺はもう、勇者じゃない。

誰かのために戦わなくていいし、世界の敵となる要素をわざわざ排除しにいかなくてもいい。


「む、やはり終わっていたか」

「おお、イスベル」

少し感傷に浸っていると、もう一人の女を追っていったイスベルが戻って来た。

その瞬間、分かりやすくシルバーが動揺し、後ずさる。

「きききききき貴様はあのときの女ァ！」

「む？　ああ、あのとき私が殴った王様気取りではないか。なんだ、アルはこの男と一緒にいたのか」

「ちょっと協力してもらってな」

俺の背中に隠れて、犬のように威嚇《いかく》音を出すシルバー。

さっきまで不敬不敬と偉そうにしていたのに、何だこの急変具合は。

「私に近寄るでないぞ暴力女め！」

「し、失礼な男だな、貴様！　先に手を出したのは貴様だろうが！」

「肩を抱いただけであろう！」

「接触はすべて攻撃だ！」

横暴すぎる。

「あー、もうやめろって二人とも。いつまでもここにいるわけには行かないだろ？　シルバーは仲間が上で待ってるだろうし、どうするんだ？」

「ああ、私は上階へ戻る。家臣たちが待っているというのもあるが、どこぞの馬鹿者が開けた七十階層直通の穴を塞がねばならん。ここの魔物が上層に現れたらかなわんからな」

「ぐっ」

馬鹿者と言われ、奥歯を噛みしめるイスベル。

楽はできたといえ、今後はもうやらせないようにしよう。

生態系を壊しかねない。

「そんじゃ、ここで解散だな」

「うむ。アル、貴様は見どころがある。今度私のクランの城を訪ねるが良い、歓迎しよう」

「そうか、機会があれば行くよ」

「うむ。ではな、アルと暴力女」

「その呼び方やめろ！」

イスベルの怒声を背中に浴びながら、シルバーは天井に空いた穴を経由して上階へと上がっていく。


「んで、俺たちはどうする？」

「む、当然進むぞ！　お宝がまだ見つかっていないからな！」

「言うと思ったわ」

目を輝かせているイスベルを見る限り、お宝が見つかるまで帰る気もないようだ。

仕方なく、ダンジョンのさらに下層を目指し出発しようとした瞬間——。

——炎が上がった。

「「ッ！」」

二人でその方向を見れば、確かに殺したはずのレッドの身体がゆっくりと起き上がろうとしている。

全身から炎を吹き出しながら、ついには閉じていた眼を開いた。

「やってくれたな、てめぇら」

宝箱を開ける魔王

「……確かに息の根を止めたんだけどな」

「俺の名前は、レッド＝フェニックス。不死鳥レッド様だ。覚えとけ」

俺のつけた傷が、徐々に塞がっていく。

ほんの数秒で、傷一つない身体に戻ってしまった。

そこに傷があったという証拠は、もう衣服だけ。


「実験は失敗――いや、ブルーのやつは死んだみたいだし、阻止されたが正解か。仕方ねぇ、今日のところは引いてやる」

レッドの背中から、炎の翼が飛び出した。

それは二回、三回と羽ばたくと、レッドの身体がふわりと浮かび上がる。

「次に会った時は、俺が勝つ。てめぇを地べたに這いつくばらせてやるよ、一般人」

「……楽しみにしておく」

ニヒルに笑ったレッドが、先ほどのシルバーと同じように天井の穴めがけて飛翔する。

「逃がすか！」

イスベルが魔術を発動し、巨大な氷の槍を放つ。

それはほとんど外れたものの、一本がレッドの身体を貫いた。

しかし槍をすぐさま抜き、レッドはそのまま飛翔を続ける。

俺が瞬きした一瞬で、腹に空いていたはずの傷は塞がっていた。

「てめぇの顔も忘れねぇからな」


レッドはイスベルを一瞥《いちべつ》すると、そのまま天井に空いた穴から姿を消した。

辺りには静寂と、薄暗さだけが残っている。

「……やつらは何者だ?」

「分からない。けど、何かを企んでいることは確かだ」

実験とレッドは言っていた。

今回は失敗らしいが、成功していたらどうなっていたのか——。

「ふむ。まあアデルが知らないのであれば考えても仕方あるまい」

イスベルは真剣な顔から一転、パッと明るい顔に変わり、俺の方を振り返った。

「では改めてダンジョン探索と行くぞ!」

「そんなこったろうと思った」

「せっかく邪魔者がいなくなったのだ！　今からでも楽しまねば損であろう？」

「損得の話か？　まあ……確かにここまで来たしな」

七十階層までこんなに簡単に来れる機会もそうないだろう。

シルバーが指揮を執り今空いている穴は塞がれてしまうし、今後は「ダンジョンを壊してはいけない」という決まりができるはずだ。

ここまで来る手間を考えれば、ラストチャンスといっても過言ではない。

「お宝を探すぞ、アデル！」

「どこにそんな元気があるんだよ……」

イスベルの方でも戦闘は起きたはずだ。

レッドと一緒にいたブルーという女、やつの気配も弱くはなかった。

俺も人のことは言えないが、それでも疲れを一切感じさせないのは恐ろしいものがある。

顔は大変間抜け面をしているが、これでも魔王。

つくづく味方でよかった。

「まずは今まで通り、下の階への道を探すのだな」

「ああ。お前はあの女を追ってったけど、そっちに階段らしきものはあったか？」

「いや、なかった。行き止まりだったな」

「そうか。それならこっちだな」

俺は先ほどイスベルが追っていった方とは反対側を指す。

いくら勇者と魔王でも、ダンジョンの中では普通の冒険者と変わらない。

下の階層へ行きたければ、己の足で道を見つけるしかないのだ。

「では、行くとしようか！」

「油断するなよ」

「ふん、誰に物をいってるのだ。早く行くぞ！」

勇み足で進んでいくイスベルの背中を見ながら、俺は不安にかられるのであった。

◆　◆　◆

「む？　見ろ！　宝箱だ！」

七十一階層への道を探している途中で、イスベルが声を上げた。

彼女が駆け寄った先を見てみれば、そこには確かに宝箱がある。

ここまでの道にあった宝箱は、すべて初めに来た連中によって空になっていた。

七十階層は攻略が進んでいるとはいえ、まだすべてを探索しきれているわけではないようだな。

「開けても良いか？」

「ちょっと待て……うん、大丈夫だ。開けてみてくれ」

「よし！」

たまに、宝箱には罠が仕掛けられていることがある。

ダンジョンを作った何者かが設置したと言われている宝箱だが、本当に誰かが作ったものであれば相当趣味が悪い。

ダンジョンは自然発生したものという説もあるが、だとしたらこのように宝箱があるのも不思議なものだ。

ちなみに俺は、ダンジョンは神が遊び心で作ったもの説を押している。

他人の運命を弄《もてあそ》ぶこの世界の神が好きそうな施設だからな。

あのクソ女神が作ったのなら納得だ。

「どうした？　考え事か？」

「ああ、いや。何でもない。それで、何が入ってた？」

「大したものは入ってなかった。せいぜいこの魔石くらいか？」

イスベルの手にはそれなりの大きさの魔石が乗っていた。

一抱えまでは行かないものの、売ればかなり高値で売れるであろう魔石だ。

「他のものは籠手《こて》や兜《かぶと》だ。上質なものだが、私たちには必要のないものだな」

「あー……そうだな。まあ上質なものだし、持って帰れば売れるぞ」

「む、そうか。こんなものでも欲しがるものはいるのだったな」

悪気は一切ないのだろうが、知らない冒険者が聞けば反感を買いそうなセリフだ。

確かにつけていてもつけていなくても変わらないし、むしろ動きにくくなる可能性すらある。

しかし俺たちに需要がないだけで、七十階層の宝箱から出た装備と言えば喉から手が出るほど欲しがる者がいるはずだ。

問題は、七十階層の装備を俺たちが売ればとんでもなく目立ってしまうという点だけ。

いや、もう今となってはそれも問題点ではなくなった。

「帰ったらシルバーにでも渡そう。やつが買い取ってくれればそれでいいし、何ならシルバー経由で売買すればいい」

「む！　あやつを頼るのか!?」

「悪いやつではないからな」

「むぅ……」

イスベルは苦手意識を持っているようだが、俺はすでにシルバーに対する印象は限りなく良いものに変わっている。

シルバーの行動には、すべて悪意がない。

単純に迷惑なやつではあるが、実力は本物だし上に立つ者としての風格がある。

素直に関係を保ちたいと思える男だ。

「A級クランのリーダーなんだし、この町にも詳しいだろうからな。最悪でも口の固い防具屋とか鍛冶屋を紹介してもらおう」

「……私、ついていかなくてもいいか？」

「そんなに苦手なのか……」

一度ついた印象というのは中々拭えないということか。

あからさまに視線を逸らしているイスベルを見ながら、つくづくそう思う。

「別についてこなくてもいいけど、この話はまずこのダンジョンをある程度攻略してからだな」

「完全攻略してみせるくらいの気概を見せぬか！」

「何日かかると思ってんだよ……」

魔石や防具を魔力袋に入れて、再び歩き出す。

それから運が良かったのか、悪かったのか。

俺たちは新たな宝箱を見つけることはなかったものの、ついに七十一階層へ続く階段の前にたどり着いた。

代用品を手に入れる勇者

「ふむ、造りはあまり変わらないのだな」

「ああ。でも気をつけろよ」

「む？　何に対してだ？」

「場所によるらしいけど、階段前には大型の魔物が配置されている場合があるって聞いたから」

階段前の大きな広場に足を踏み入れると、どこからともなく魔力の集まる気配がしてきた。

部屋の中心に集まり始めた魔力は、一つの質量を持った生物を創り出す。

「アデルよ、噂は本当らしいぞ」

「……デマだったら良かったのにな」

『オオオォォォォォォ！』

魔力が集まって誕生したのは、真っ黒な皮膚を持つミノタウロスのような魔物だった。

ミノタウロスは牛の頭部を持ち、身体は筋骨隆々で足は牛のヒヅメになっている魔物だ。

全長も４ｍを超えており、斧や大剣を持っていることもある。

しかし、ミノタウロスの皮膚は体毛に覆われており、本来は茶色に見えるはずだ。

今目の前にいる魔物は、ミノタウロスの形をしていながら外見は真っ黒。

そして怪しく光る赤い眼が特徴となっている。

ミノタウロス亜種とでも言えばいいのだろうか——。

「来るぞ、アデル」

「ああ」

ミノタウロスは片手に巨大な斧を顕現《けんげん》させると、そのまま俺たちに向けて振り下ろした。

難なくかわしたものの、斧が当たった地面が大きく砕ける。

さすがに下の階まではぶち抜けないか。

この時点でイスベルとミノタウロスの力の差が分かってしまったな。

「大して強くもないな。アデル、少し離れていろ」

「任せて悪いな」

「構わん。それに貴様は丸腰だし」

——そういえば、俺の剣は壊れてしまっているのだった。

だからといって戦えないというわけではないのだが、ここは大人しくイスベルに任せたほうが早い。

「氷の巨像《アイスゴーレム》」

イスベルが手を掲げると、その後ろにミノタウロスよりもさらに一回り巨大な氷の像が現れる。

氷の像は上半身しかなく、両方の肩らしき部位から拳が生えていた。

「やれ」

ミノタウロスを指差すイスベルに反応し、巨像は拳を振りかぶった。

雄叫びを上げながら突進してくるミノタウロスは、無謀《むぼう》にもそのまま突っ込んでくる。

理性などないのだろう。

ただ俺たちを殺すことにしか興味がないようだ。

「愚か者め」

決着はなんとも呆気ないものだった。

巨像が突き出した拳が、ミノタウロスの全身を捉える。

振りかぶっていた斧を砕き、肉を潰し、骨を粉砕して吹き飛ばした。

肉塊となったミノタウロスが壁に叩きつけられ、さらに醜く形を変える。

「理性がなきものが私に勝てるわけがなかろう」

「……恐ろしいやつ」

「褒め言葉だ」

イスベルの生み出した巨像が霧散して消える。

相変わらず、とんでもない氷魔術を使うものだ。

氷の魔術は火、水、土、風、雷の五大属性に含まれておらず、使用者が限りなく少ないために習得が困難とされている魔術である。

というより、氷魔術が使えるのは現状歴代魔王のみだ。

そして、その歴代魔王の中で、魔術の実力だけでいえばイスベルがもっとも優れている。

この氷の像には俺も苦しめられたものだ。

「ふん、この分であれば下の階層も難なく越せそうだな」

「油断は――」

「分かっている。しっかり気をつけていればよかろう?」

そういって胸を張るイスベル。

言うだけ野暮だったようだ。

イスベルの周囲に張り詰めた魔力の気配を感じ取れる。

今のイスベルに、不意打ちなどは通用しないだろう。

どんなに死角から近寄ろうとも、気配を気取られて終わりだ。

「心配はいらなそうだな。それじゃ」

「行くとするか！」

俺たちは下の階層へと下りて行く。

まだ誰も足を踏み入れていない、七十一階層へと。

◆　◆　◆

「つまらん……」

イスベルは襲ってきた蜘蛛《くも》の魔物を片手で凍らせながら、退屈そうにつぶやいた。

あれからまた二時間ほど経ち、俺たちは現在八十五階層にいる。

魔物たちも大分強くなっているが、まだ俺たちを脅かすに至らない。

むしろ手応えのない魔物たちのせいで、イスベルの顔が不機嫌一色となってしまった。

「こう、私を唸らせる者はいないのか！」

「いたら困るだろ。進みにくくなるし」

「前から思ってたのだが、貴様は消極的なのだ！　もっと命を燃やして生きようとは思わないのか？」

「それが嫌で隠居しようと思ったんだがな……」

熱く生きるための燃料なんて、とうに使い果たした。

今はもう燃えカスである。

「……まあそれはいい。だが宝物すら大したものがないというのはどういうことだ！」

「それこそ知るか！」

「武具ばっかりではないか！　こんなもの欲しくもなんともない！」

十五階も下ったのだから、それなりに宝箱も見かけてきた。

しかしどれも中身が俺たちに必要ない防具や武器ばっかりだったせいで、ほとんど回収せず宝箱をそのまま残してきている。

時たま入っている魔石などは回収しているが、宝箱の中身が残っていれば人が来た痕跡《こんせき》も消せるからな。

階層を守る魔物の討伐はどうしようもないが、そもそもダンジョンには謎が多いのだ。

七十階層から番人がいなくなれば、それはダンジョン自体の仕様だと考えてくれる——かもしれない。

「どうせこの宝箱も大した物が入っていないのだろう？」

イスベルが新たに見つけた宝箱を蹴り開ける。

中にあったものは、大きな魔石と鞘《さや》に納まった剣。

ずっと思っているのだが、鞘《さや》までついているというのは至れり尽くせりすぎる。

ただないときもあるし、その基準がどこなのかもイマイチ分からない。

「また魔石だけ回収するか？」

「……いや、今回はこっちだ」

俺は宝箱から剣を取り、蓋を閉めた。

剣を見てみると、持ち手に宝石が埋め込まれていることが確認できる。

これは、この剣が魔力を込められた魔剣であることの証明だ。

魔力によって切れ味の向上、耐久値の上昇が見込めるが、中には振った後、炎が出るような追加効果を持つ剣もある。

この剣は単純に切れ味強化と耐久値の上昇が見込めそうだ。


「これなら少しは持ってくれるだろ」

「何というか……これが私を追い詰めた勇者の今の姿だと思うと、少々みすぼらしいな」

「ほっとけ」

俺は剣を鞘《さや》ごと腰に括りつけ、固定する。

これならダンジョンを出るまで使えそうだ。

「行くか。この調子なら百階層まで行けるかもしれないな」

「最下層にはいいモノがあるんだろうな……」

俺たちはそのまま、次の階層へと歩き出した。

ドM（魔剣）を抜く勇者

「これで最後！」

百階層へ下りるための階段の前。

最後の門番として立ちはだかった八首の竜の胴体に、巨大な氷の槍が突き刺さる。

『ガァァァァァァ！』

すべての竜が同時に悲鳴を上げ、その首をゆっくり地面につけた。

完全に生命の気配が消え去り、百階層への道が開いたことになる。


「多少は手応えがあったな。少し火傷《やけど》したぞ」

「ほぼ無傷だろうに……」

竜が吐いた火のせいで、イスベルの衣服の端が少し焦げていた。

だが、その程度。

俺もイスベルも、目立った怪我は負っていない。

「まあこれで最下層へ行くことができるわけだが」

「ここまで来たのだ！　何かいい物がないとダンジョンごと吹き飛ばしたくなる！」

「それだけは絶対やめてくれ」

イスベルが癇癪《かんしゃく》を起こさないためにも、百階層にはお宝があってほしい。

それにしても、ここまで来ても魔物の強さが目に見えて上がることはなかった。

確かにランクは上がっているが、精々五十階層からワンランク程度。

俺もダンジョンに詳しいわけではないが、少し不自然だ。

聞いた話では、ダンジョンの最下層近くの魔物はAランク冒険者ですら死の危険があるらしい。

イスベルの実力がぶっ飛んでるとはいえ、俺たちでも無傷でここまで来れるものなのだろうか——。

「どうした?」

「……いや、何でもない」

偶然かどうか。

とりあえずは百階層の様子を見て、これが確かな違和感なら報告しよう。

シルバー辺りなら取り合ってくれそうだ。

◆◆◆

百階層の雰囲気は、他の階層と明らかに違っていた。

部屋がそもそも一つしかない。

中心には台座があり、そこに黒く錆《さ》びついた剣が刺さっている。

「む、ここはこれだけなのか」

「みたいだな」

俺は剣の下に近寄り、よく観察してみる。

錆《さ》びてはいるが、どことなく異質な魔力が漂っている気配を感じた。

魔剣……それもかなり上物の。

「錆《さ》びてはいるが、良い剣のようだな。持って帰ったらどうだ？」

「……そうだな。この剣なら錆《さ》びてても思いっきり振れそうだ」

俺は剣を掴み、引き抜こうとする。

その瞬間、ゾッとするような魔力が吹き出すのを感じた。

『くっくっく……我の下へたどり着く者がいようとは』

「ん？」

どこからか女の声が聞こえる。

――この剣からか？

『光栄に思うがいい！　この魔剣の依代《よりしろ》になれることを――』

「やかましいな、この剣」

最後まで聞き取る前に、イスベルが台座の剣を蹴り飛ばす。

呆気なく台座から吹き飛んだ剣は、そのまま近くの壁に突き刺さった。

おかげで剣を掴んでいた俺の手が少し痺れている。

「……乱暴すぎないか?」

「だってアデルのことを依代などと言ったのだぞ?　少しお灸をすえる必要がある」

「まあ、助かったからいいけどな」

あの剣が悪意を持って俺の身体を乗っ取ろうとしたことは分かった。

おそらくは人を苗床とし、力の源である魔力を永遠に吸い上げることを目的としていたのだろう。

軽率に触れてしまった俺が悪いのは確かであるが、それにしてもここまで来てこれか。

最下層まで来た冒険者が、苦労の末に手にする報酬が罠とは……だからこそ魔物がそこまで強くなかったのだろう。

苗床にするにも、魔力や腕っ節が強い人間のほうが効率がいい。

とはいえ、ここまで誰も来ないほど難易度を上げてしまえば、それこそ誰も来なくなる。

「どうする?　アデル。もう帰るか?」

「顔が帰りたいって言ってるぞ」

イスベルの顔から表情が抜けている。

事前情報で少し期待させすぎてしまったようだ。

しかし、俺としてもこのまま帰るというのは損した気分になる。

どうしたものか――。

『おい！　人間！　我にこんなことをしてただで済むと思うなよ！　聞いているのか！　さっさとここから抜くのじゃ！』

「……」

やかましいなあの剣。

魔剣でもなんでも良いから持って帰ってやろうかな。

『この我に選ばれたことは光栄なことなのだぞ！　数百年伝わる伝説の魔剣、エクスダークなのだぞ！』

「イスベル、聞いたことあるか？」

「えくすだーく？　聞いたことがないな」

『何ィィィ⁉』

本当にうるさい剣だな。

俺はおもむろに突き刺さった剣に近づき、再び掴む。

『ば、馬鹿め！　掴んだな？　貴様を乗っ取ってくれるわァ！』

剣を掴んだ腕から、黒い神経のようなものが侵入してくるのを感じる。

こうして全身に根を通し、操るわけか。

だけどこの程度なら――。

「よっ」


侵入してきた神経を、体内の魔力を操ることで焼きつくす。

その昔、呪いを操る魔族と戦うために覚えた技術だ。

体内に侵入した邪悪なものを、勇者特有の聖なる魔力で浄化する。

というと聞こえはいいが、ようは体内の魔力を爆発的に消費して、発生したエネルギーで呪いや侵入者を押しつぶす技術だ。

勇者じゃなくてもできるが、魔力量が桁違いでなければ魔力切れを起こしてしまうだろう。

『え？　え？』

「剣としての性能は確かみたいだからな。持って帰らせてもらうぞ」

ここで終わらせてしまうと、再び神経を伸ばされてしまうため意味が無い。

俺はまだ余裕のある魔力を魔剣に流し込む。

『あわわわわ！　何じゃ何じゃ!?』

良質な剣であれば、俺の魔力にも耐えられるはずだ。

俺は自分の身体と同じことを剣で起こす。

自分の魔力で邪悪なものを塗りつぶす方法だな。

魔剣は俺の魔力に満たされ、その外見を変化させる。

まず刀身についた錆《さび》が弾け飛び、漆黒の刀身が顕になった。

そして持ち手の部分についていた魔石が黒く濁っていたのが、白く透き通っていく。

「浄化完了っと」

『く、屈辱じゃ……！　この我が人間によって支配されるとは……！』

「いや、別に支配したわけじゃ――」

『どうせ貴様も初代魔王のように我のことを弄《もてあそ》ぶのだろう⁉︎　子供が落ちている枝で剣術の真似をするように！』

「だから何の話――」

『しかし私は決して人間には屈しない！　心だけは支配されてたまるかぁァァァ！』

魔剣が叫んだ瞬間、甲高《かんだか》い音とともに俺の手から吹き飛んだ。

どうやら再びイスベルが蹴り飛ばしたらしい。

「本気でやかましいな」

『なぶられたりすることには興奮するが、貴様の蹴りは普通に痛いんだが⁉︎』

最低の自己紹介だった。

魂が宿っている剣は何度か見たことがあるが、ここまでやかましく喋る剣は初めて出会った。

性癖も歪みすぎだろう。

「はぁ……」

俺は再び刺さってしまった魔剣を引っこ抜く。

そこで、俺は魔剣が聞き捨てならないことを言っていたことに気づいた。

「そういえば、お前初代魔王とか言ってなかったか？」

『初代魔王は我の最初の主じゃ。あの女が生きていた頃は、一緒になって恐怖をバラまいたものじゃな』

このダンジョン頭おかしいな。

まさか初代魔王が作ったなどというオチではないだろうか。

「初代魔王……うーん」

「イスベル、何か思い出せないか？」

「さすがに世代が違いすぎてな……しかしどこかの文献にあったような——もしや神殺しか？」

そう問いかけた瞬間、魔剣が歓喜の声を上げた。

『おお！　小娘は我を知っておるのだな！　自分でエクスダークという名前を考える前は神殺

し と呼ばれていたぞ！』

「……嘘でしょ？」

嬉しそうな魔剣とは対照的に、イスベルは唖然といった表情を浮かべている。

そこまでショックを受けるようなことだったのだろうか。

「神殺しとはな、初代魔王が使用していた神を殺したとされる伝説の剣だ。真偽は不明だが、魔族であれば知らぬものはいないほどだぞ」

『神を殺したのは本当だぞ？　といっても小さな教団が信仰している低級神だったが』

「マジかお前」

素が出ているぞ、イスベル。


「アデル、私たちはとんでもないものを見つけてしまったぞ」

「……ますます放置しておくわけにはいかなくなったな」

俺は先ほど拾った剣を鞘《さや》から抜き、代わりに魔剣を納める。

空いた台座には宝箱から手に入れた剣の方を刺しておいた。

台座に何もないのは不自然だからな。

誤魔化しきれてないいが。

『安物の鞘《さや》じゃな。が、許そう！　我は新たな主に支配され、雑に扱われてしまうのじゃ！

悲しき哀れな魔剣の末路じゃー！　はぁ……はぁ……』

「マジで置いていこうかな、こいつ」

俺は鞘《さや》に納めたことを、早くも後悔するのだった。

謝る勇者

　ダンジョンから脱出した頃には、辺りはすっかり暗くなっていた。

　百階層をよく調べてみると外へ繋がる転移魔法陣が見つかったため、百階分を登らなくて済んだ。

　近くの森へ転移した俺たちがダンジョンの入口まで戻ると、何やら冒険者が集まっている様子が見て取れる。

「何かあったのか？」

「ん？　ああ、何でもダンジョンの床に穴が空いて、下層の魔物が上階へ登ろうとしていたみたいでな。今Bランク以上のクランが穴埋め作業に勤しんでいるらしいぜ」

「……そうだったのか」

「だから今封鎖中なんだ。せっかく小遣い稼ごうと思ったんだが、無駄足だったぜ」

「なるほどな、ありがとう……」

　近くの冒険者に話を聞いた俺は、表情を変えないよう注意しながらイスベルの下へ戻った。

「何だって？」

「誰かさんがぶち空けた穴が原因で、ダンジョン内が大混乱だとさ」

「む！　……そうだったのか」

「次にダンジョンに潜ることがあれば、ズルはなしだからな」

「分かっている」

魔王が反省している図というのは何度見ても慣れないものだ。

素直なおかげで、本心で思っていることが分かるのが助けるけども。

『下で眠っているときに感じた衝撃はお主だったのじゃな！　無茶をするのう！　さすが今期の魔王じゃ！』

「もう魔王ではないと言っただろう！」

ここでその単語を叫ばれるのはまずい。

人混みから離れているとはいえ、どこで誰に聞かれているのか分からないのだから。

「あまり大声で話すなよ！　行くぞ！」

『なぁに、心配するでない主殿。我の声は聞かせたい相手にしか聞こえん！』

「やたら便利だな、お前」

『むふん！』

褒めているのか怪しい言い方だったが、エクスダークはお気に召したようだ。

『主殿は我を利用することだけを考えているがよいのじゃ！　初代魔王以外で我に支配されない者は初めてじゃからのう！』

「そうだったのか……まあ、精々利用させてもらうわ」

エクスダークの柄を軽く小突く。

戦闘以外でも使い道があるし、今後は長い付き合いになりそうだ。


「ひとまず帰らないか？　私はもう色々疲れたぞ」

「確かにな。宝石なんか売るのは明日にしよう」

イスベルは体力的にはまだ余裕がありそうだが、精神的に疲れが見える。

期待が高すぎたせいか、具体的に言えばめちゃくちゃがっかりしているようだ。

明日にはテンションが戻っていることを祈る。

◆◆◆

この日は拠点としていた宿に戻り、身体を清めてすぐに就寝してしまった。

イスベルは相変わらず俺に背中を洗わせるが、さすがに少しは慣れて来たというものだ。

煩悩《ぼんのう》はもちろん抱いたが、からかってくるエクスダークに怒りをぶつけたら治まった。

エクスダークはなぜか喜んでいたが、おかげで比較的いい朝を迎えられたと思う。

「――というわけで、これを売りたい」

「何がというわけかは分からんが、なぜ私に言うのだ？」

「シルバーなら何も言わず買い取ってくれるかと思って」

「貴様の実力は認めたが、何でも屋になった覚えはないぞ」

俺は現在、シルバーが率いる銀翼の騎士団のクランハウスに来ていた。

クランハウスとは、功績が認められたクランに与えられる特別な住居だ。

住居というより、正確には土地らしい。

シルバーが率いる銀翼の騎士団は、この土地の中にクランメンバーの寮や、お抱えの武器職人の工房、アイテムなどを仕入れてくる専属の商人の店などを完備している。

「まあ、まずはよく見てから考えてくれ」

「……」

俺はシルバーの目の前に並べた武具たちを指す。

シルバーは訝しげな視線で俺を見た後、武具へと眼を落とした。

しばらくは疑って武具を見ていたシルバーだが、徐々にその目つきが変わる。

「どれも表じゃ売れないものだ。けどあんたに買い取ってもらうか、あんた経由でなら売り払える」

「……あえて聞くまい。何となく察しはついた」

シルバーは剣や盾、兜《かぶと》や鎧《よろい》を改めて眺めると、深くため息をついた。

「金貨千枚でどうだ？」

「そんなにいいのか?」

「……」

ぼったくられたとはいえ、イスベルの鎧《よろい》が金貨三百枚だったのだ。

あの装備の値段の三倍、これは驚かずにいられない。

そのはずなのに、俺よりシルバーの方が驚いていた。

「はぁ……ここまで常識知らずでは、試す意味もないな」

「試す?」

「これほどの品がたった金貨千枚なわけがなかろう。少なくとも二千枚、いや、それ以上の価値を見出す連中もいるはずだ」

「……へぇ」

シルバーの目利きは信用できる。

ここはシルバー本人の部屋だが、飾られている予備の装備たちはすべて一級品だ。

彼が二千枚以上というのなら、本当にそれだけの価値があるのだろう。

「おかしなやつだと思っていたが、ここまでとはな」

「悪かったな」

面と向かってマヌケと言われているような気がして、少し傷ついた。

まあ……こんな風に騙されているのだから、あながち間違っていないのだろうけど。

これではイスベルを笑えないな。

「まあいい。騙した詫びも考慮し、最低ラインを金貨二千枚として、望むのであればいくらか上乗せしよう。これは他所に持って行かれたくない」

「そうか……なら千枚でいいや」

「本気で言っているのか？　二千枚に千枚を上乗せするという意味ではなく？」

「ああ、千枚で十分。あんたの説明で損していることは分かったけど、残りの分は口止め料と——これからよろしくってことで」

「ふん」

シルバーは一度退室し、革袋を持って戻って来た。

金属音がすることから、中身は金貨だろう。

「千枚入っている。今から取り消しても聞かぬぞ。王に二度手間を取らせるなど言語道断だからな」

「取り消さないし、むしろ感謝してるよ」

俺はずっしりと重い革袋を受け取り、そのまま数えもせず魔力袋の中に放り込む。

ここまで信用したのだから、枚数で疑っても意味がない。

これで、イスベルがはじめから持っていた金貨三百枚と合わせ千三百枚の金貨が手に入ったことになる。

土地と家代は千五百枚だから、あと二百枚のところまで迫った。

まあ、二千枚受け取っていればノルマ達成なのだが、それはイスベルから止められている。

シルバーのおかげで金貨が集まったと思いたくないらしい。

まだ普通に売れる魔石は残っているし、レオナからもらったクエストの話もあるから金銭的な問題はない――が、そこまで拒否するとは驚きだ。

おそらく、王と王で譲れぬものがあるのだろう。

「そんじゃ、このまま武器たちは置いていくよ。部下に配るにせよ、もう自由にしてくれ」

「うむ」

俺は立ち上がり、部屋を後にするため扉へ向かう。

しかし扉に手をかけたとき、シルバーが声をかけてきた。

「帰る前に一ついいか」

「ん？　何だ」

「あの赤と青のローブの二人組について分かったことがある」

俺は振り返る。

先ほどよりも真剣な顔つきで、シルバーは俺の方へ寄ってきていた。

その手には、一枚の紙切れが握られている。

「見ろ。それにはとある団体についての情報がまとめられている」

「……」

紙切れに目を通す。

そこには、【虹の協会】についてと書かれていた。

表向きは、平和を目指し、虹のふもとに集まった七人の使者による和平活動の団体。

魔族、人間、亜人、どれも命は平等であり等しき価値があると謳っている。

しかしその実態は、魔物や人間、それこそ亜人を実験台にし新たな兵器を生み出すことを目指しているようだ。

「この兵器を抑止力にして、世界全体を平和にしよう――ってわけじゃなさそうだな」

「うむ。目的はおそらく、魔王も勇者も無視した世界征服といったところだろう。冒険者ギルドで調べればすぐに情報が出てくるほどには、国の方でも調べが進んでいることが分かった」

「ずいぶんと有名人と遭遇したんだな、俺たち」

「直接姿を見た者としては、我々が初めてかもしれないとまで言われた。ようはまったく正体がつかめていないというわけだ。貴様も関わりを持った以上、十分注意しろ」

「まさかあんたから心配されるとは……」

「家臣の心配をするのは王として当然のことであろう」

「あれ？　いつの間に家臣になったんだ？」

「私が認めた者は、皆等しく私の家臣だ。光栄に思え」

なんと横暴なやつ。

認められているというのが嬉しく思ってしまうのも、どこか悔しい。

なんだかんだシルバーが悪いやつではないのがいけないな。

【勇者】として認められることは多々あったが、【アデル】が認められたのは最近になってからだ。

イスベル、シルバー……一応レオナもだろうか。

勇者ではない俺は認められていくというのも、悪くない。

「最後に貴様に伝えておくことがある。最近のオークの異常繁殖についてだ」

「……それにまで虹の協会が関わっていると？」

「可能性がある、とは言っておこう。あくまで予想だ。レッドと名乗った男が、大量のオークを従えていたのを見て、もしやとな」

「ありえない話じゃないな……」

「レオナとかいう獅子女から、貴様らもオーク討伐のクエストに参加すると聞いた。再びレッドと相対することがあれば――」

「クエストの内容は今初めて聞いたぞ……？　まあ、次は絶対仕留めてやるから、王様は安心して待っててくれ」

「……ふん」

俺はシルバーの部屋から退室した。

次に遭遇することがあれば、レッドは間違いなく襲い掛かってくる。

やつとだけは決着をつけなければならないだろう。

執念深そうなレッドのことだ。

ここそこ村に帰っても、追ってきそうな気配を感じる。

この予想はきっと正しい。

俺はレッドと決着をつけ、安定した隠居生活を手に入れるのだ。


それはそうと、ずいぶんと話し込んでしまった。

イスベルの機嫌が悪くなっていないといいんだが――。


「――遅い」

「あ」

「何分ここで待たされたと思っている！　こんなアウェーの空間で！」

「ご、ごめんなさい……」

まずは、銀翼の騎士団の敷地内で浮きまくっているイスベルと決着をつけるのが先のようだ。

準備期間の冒険者

「おお！　来てくれたんだねぇ！」

「まあな」

「感謝しろ、獅子女！」

「おうおう！　元気がいいね！」

シルバーにダンジョンの戦利品を送りつけた日から四日後、俺たちはギルドへと足を運んでいた。

レオナの提案してきた大型クエストの説明を受けるためだ。

足を運んでみれば、そこにはいつもより多い人数の冒険者が集まっていた。

ほとんどはレオナの率いるグリードタイガーのメンバーだが、別のクランの人間もかなりの数見られる。

「もうすぐ説明会を開始する。まああんたらもそこらへんでくつろいでいてくれ」

「そうさせてもらうよ」

俺は威嚇《いかく》するイスベルを引っ張り、適当なテーブル席に座らせる。

しばらく待つと、騒がしかった冒険者達の声が止んでいった。

次の瞬間、獅子の咆哮《ほうこう》がギルド内に響き渡る。

「注目！」

全員の眼がレオナに惹きつけられる。

協力なカリスマ性だ。

やはりA級クランマスターともなると、それだけの立場になるべき魅力がある。

「これより大規模クエストの説明会を始める！　トラグル！」

「へい！　姐さん！」

命令されたトラグルが、せっせと俺たちに資料を配っていく。

その資料には、複数出現したオークの巣を壊す段取りが書かれていた。

「今回のクエストの内容は、最低でも噂で聞いてると思うが、大量発生したオークどもの巣を壊すってもんだ！　全滅させることは不可能だが、あたしたちの手でオークの数を通常の値まで減らす」

シルバーの方からも少し聞いていたため、話がすっと頭の中に入ってきてくれた。

イスベルは首を傾げているが、まあ俺が把握《はあく》しておけば問題ないだろう。

どうせクエスト中も一緒なのだ。

「おいおい！　たかがオークかよ！　そんなんじゃ報酬は期待できそうにねぇな！」

どこかの冒険者のヤジが飛ぶ。

それに対して、レオナの顔が一瞬にしてさらに真剣なものへと変化した。

「オークだからって甘く見るんじゃないよ。たかが豚の化物でも数がいれば脅威なんだ。それに、今回は通常のオークに加えてアークオークやジェネラルオークも確認されている」

「ジェ、ジェネラルオーク⁉」

ジェネラルオークか。

これまた厄介な種が紛れ込んでいるな。

ジェネラルオークは、オークの親玉といってもいい存在だ。

どんな群れのオークでも、ジェネラルオークが縄張りに入ってきた際には従わなければならず、いつも数体のアークオークを引き連れている。

実力も折り紙つきで、持ってる武器の相性にもよるが、下手すればA級冒険者とも張り合えるだろう。

「まだ目撃証言があるだけだけど、もし遭遇した際はあたしに対応を任せてくれ。あたしらが協力を要請したんだ。一番大きなリスクはあたしらが負うのが道理だからね」

「……」

レオナの対応に、ヤジを飛ばした冒険者は黙りこんだ。

文句のいいようがない対応だったため、彼以外の冒険者も口を噤《つぐ》んでいる。

「ここに集まってもらったのは、C級以上の新人とは言い難い実力者たちだ。けど、それでも

「全員が無事である可能性は極めて低いだろうね。その代わり、報酬もたんまり用意した」

レオナは指を二本立てた。

「一人金貨二百枚。さらにクエスト中で確かな実績を上げた者には、追加で百枚払う予定だ。これは悪くない話だろう？」

オークの討伐クエストで、金貨二百枚。

これは信じられないくらい条件がいい――はず。

相場をよく知らない俺がいうのも何だが、Ａ級クエストの報酬額と同等くらいだったのを覚えている。

Ｃ級、Ｂ級が主なメンバーの中で、クラン単位でなく個人単位で二百枚もらえるとなれば、相当魅力的に映ることだろう。

「出発はこれから二時間後。この話を聞いた上で、リスクを回避するため辞退してくれても一向に構わない。臆病者とさえ思わないさ。あたしらも真剣なんだ。迷いがある者は、クエストにいらないよ」

ギルド内がざわつき始める。

すまし顔で果物ジュースを飲んでいるのは、イスベルだけだ。

まあ、イスベルはリスクとは無縁だし、今の話で動揺しないのは当然か。

「参加してくれるやつは、二時間後街の外れに集合だ。それまでにしっかり準備を整えておきな。以上だ」

そこまで言い終えて、レオナが下がる。

「よかったな。これで家と土地代が集まるぞ」

「まあ銀色からの施しが半分以上を占めているのが気に入らんが……仕方あるまい」

少し頬を膨らませて不満そうではあるが、背に腹は代えられないという姿勢らしい。

こちらとしても話がスムーズに進みそうでありがたい。

「お前の初陣でもあるな、エクスダーク」

『ふっふっふ、まあ存分に振るうがよい！　あまりの切れ味に仲間ですら切り裂いてしまうかもしれぬがな！』

「意図的にそうしたんなら、すぐにでもへし折るぞ」

『ごめんなさい』

こいつもこいつで調子に乗りやすいが、扱い方を覚えれば可愛いものである。

これで大人しく俺に使われてくれるだろう。

「アデ——じゃなくて、アル。準備はどうする？」

「うーん……まあいらないよな、別に。適当に時間を潰して集合場所に行くぞ」

「分かった」

俺たちは席を立ち、ギルドから出る。

集合場所の方へ向かってみると、道中ギルドにいた冒険者が武器を買っている場面を目撃した。

あの冒険者はおそらくクエストに参加するのだろう。

「何人参加するかな」

「私たちには関係ないことだろう？」

「まあそうなんだが」

はっきり言って、少人数の方が危険がないのが事実だ。

あまりに多いと俺たちでは守り切れない。

虹の協会の影がある以上、ジェネラルオークなど目じゃないほどの脅威が隠れているはずだから。

「十分気を引き締めろよ。このクエスト、一筋縄ではいかないから」

「……貴様がいうなら」

これでイスベルも油断することはないだろう。

本当にレッドが襲いかかって来るのであれば、その時は俺たちで倒すのだ。

◆　◆　◆

「冒険者達が動き出したみたいだよ」

「来るか……」

とある鬱蒼《うっそう》とした森の中、赤色のローブの男と緑色のローブの女が会話をしていた。

二人の周りには軍勢とも呼べる数のオークが並んでいる。

どれも眼で二人に対し忠誠を誓っており、身じろぎすることなくその場に立っていた。

「まあまあ、今回はあたしらに任せなって。レッドはまだ魔力が回復しきっていないだろう？」

「……チッ」

二人が会話をしていると、オークの間をぬって黄色いローブの男が姿を現した。

黄色い男は鋭い眼光で、レッドをにらみつける。

「おいおい、イエロー。いつになく不機嫌だねぇ？」

「どうして負け犬がここにいる？」

不快感を隠しもせず、イエローと呼ばれた男は緑色のローブの女に問いかけた。

「そりゃそりゃ、レッドはオークの王冠を持っているからね。あたしたちはまだ王冠を持っていないから仕方ないのさ」

「忌々《いまいま》しい……」

「まあまあ、魔力を回復しきるまでは、レッドはここからオークたちを操っててよ。キミとブルーを殺した連中は、あたしことグリーンとイエローで始末するからさ」

「そこで黙って見ているがいい」

グリーンとイエローはオークの軍団を引き連れ、森の中へと消えて行く。

一人残されたレッドは、苦虫を噛み潰したような表情でそれを見送った。

学ぶ勇者

集合の時間になった。

ギルドにいた人数から少々減ったが、グリードタイガーのメンバーと合わせて七十人ほどの冒険者たちが集まっている。


「上出来だねぇ、野郎ども。これだけいればあっという間だよ」

揃った冒険者たちを眺めて、レオナは笑う。

確かにオーク程度なら、ジェネラルがいようがこの人数で圧倒できるはずだ。

オークだけなら、の話だが。

「準備はいいね、野郎ども」

レオナの問いかけに、グリードタイガーの面々が雄叫びをあげる。

それに釣られてか、他の冒険者達も腕を振り上げだした。

集団心理というやつだろうか。

まさかとは思ったが、イスベルまで腕を振り上げ声を上げている。

影響を受けすぎではないだろうか?

「そんじゃ、豚狩りと行こうか」

冒険者たちが続々と用意された馬車へ乗り込んでいく。

オークの巣は街から少し離れた大規模な森の中にある。

目的地周辺まで移動したら、そこから最低五人一組のパーティを結成し、それぞれでオークの巣を叩くのが今回の作戦だ。

俺たちは自由枠で、戦力が不足しているところに駆けつけるのが役目となっている。

他の冒険者には伝えられていないらしいけど。

「少し高揚してしまうな。集団で何かするのは初めてだ」

「確かにな……」

俺はいつも四人で、イスベルに至っては集団を率いてたものの、いつも一人だった。

何かを協力して行うってこと自体、ほとんど初体験というわけだ。

「私たちが関わったのだ。この戦い、誰も死ぬことなく終わらせるぞ」

「ああ、守ろう」

「うむ？　守る前に皆殺しにして終わらせればいいのではないか？」

「……そのへんの発想は魔王らしいな」

ずいぶんと長い時間馬車に揺られていると、外の景色が徐々に森に変わっていった。

もうそろそろ到着する頃だろう。

「身体でもほぐしておく――ッ⁉」

戦闘準備――は必要ないが、適度に身体を動かそうとしたその瞬間。

馬車の進行方向に、数えきれないほどの魔力の反応が現れたことに気づいた。

これは魔物の気配。

そして、そこに紛れ込んでいるばかでかい魔力が二つ。

レッドと同じくらいと言えば分かりやすいだろうか。

まだ遠いが、このままではぶつかる。

「どこから現れた？」

「分からない。行くぞ、イスベル」

「うむ」

俺たちは馬車を飛び出す。

馬車はまだ進んでいるが、俺たちは戦う姿勢のまま駆け出した。

「おい！　あんたらどうして降りてるんだい⁉」

「レオナ！　前方にオークの軍勢がいる！　馬車から降りて戦闘準備しろ！」

「なっ」

はるか遠く、赤い巨体がいくつも並んでいるのが見えてきた。

このまま切り込んで親玉を――。

『主！　何か来るぞ！』

「何⁉」

一陣の風が、俺の身体を撫でた。

次の瞬間、上空から何かが飛来してくる。

「避けろ、アデル！」

「チッ」


俺は横に転がり、飛来する何かの着弾点から逃れる。

一拍置いて、その何かが俺がいた場所に着弾した。


「おいおい……なんてものを飛ばしてるんだ……」

着弾したその何かは、赤い肌と巨大な図体を持った、いわゆるオークであった。

そう、オークが高速で空から飛来してきているのだ。

それを理解した瞬間、レオナが叫ぶ。

「退避――」

その言葉が全員に届くことはなかった。

馬車が密集している場所に、何体ものオークが飛んでくる。

オークほどの質量を持つ物体が高速で衝突するせいで、その威力は明らかな脅威となってしまっていた。

直撃した馬車が粉砕され、下敷きになった冒険者の断末魔の声が響く。


「あんたら！　馬車から離れるんだよ！」

冒険者たちが馬車を離れていく。

バラバラに森へ入っていく冒険者たちの様子を見て、俺は唇を噛んだ。

「どうやら私の考え通り、先手を取って全滅させるべきだったようだな」

「……かもな」

森の中に、突然複数の魔物の気配が現れた。

この魔力の大きさからして、おそらくアークオーク。

混乱状態の冒険者たちでは、いくらランクが高くてもアークオーク相手に長くは持たないだろう。

どうやら初めから馬車を襲撃し、散り散りになった冒険者を叩く計画だったらしい。

ずいぶんと巧妙に魔力が隠されていた。

「アデル、どうする？　どうしたらいい？」

「……」

今まで、こういう状況になったことがないわけではない。

そのときは仲間に守りを任せ、一人で突っ込んでいた。

統率している親玉を倒せば、魔物たちは混乱する。

今回もそうすればいい。

しかし、どうしたって人数が足りないのだ。

親玉をすぐさま倒すためには、俺とイスベルがいなければ難しい。

しかしこちらを守る者がいなくなり、冒険者たちの死者が増えていく。


「ぎゃぁあぁあ！」

どこかで新しい悲鳴が上がった。

考える時間すらくれないようだ。

まずは冒険者たちを助けるのが先決な気がしてくる。

俺は振り返り、冒険者の下へ駆け出そうとした。

「野郎ども！」

そのとき、鶴の一声が飛んだ。

いや、正確には獅子の声だけど。

「取り乱してんじゃないよ。獣は魔物を喰らう者、あたしたちは餌じゃない、捕食者だ！　さあ、反撃だよ！」

一息置いて、獣という名の冒険者たちの雄叫びが響き渡った。

そして、戦闘音が聞こえ出す。

どうやら冒険者たちの反撃が始まったようだ。

「あんたらもなにボーッとしてんだい！　行くよ！」

「あ、ああ……」

「こっちはあたしの家族が受け持っている。けど相手はアークオークだからね、できて時間稼ぎってところさ。その間にあたしとあんたらで――」

レオナが道の先にいるオークの軍勢を指差した。

「――やつらを食い尽くす」

これが王の貫禄……ってやつか。

やはり相当状況に慣れているのだろう。

冒険者たちを冷静にし、一瞬で戦況を押し戻した。

「うむ……貴様、少し見直したぞ」

「そうかい！　ありがとね！」

イスベルとレオナが駆け出した。

俺は呆気にとられているうちに置いて行かれてしまう。

世の中、実力だけじゃだめってことか。

勇者を辞めてから、勇者のとき以上に何かを学べている気がする。

「何をしてるアデ――じゃなかった！　アル！　行くぞ！」

「……ああ！」

どうやら、反撃の時間がやってきたようだ。

相対する三人

「邪魔だよ豚ども！」

レオナの拳がオークの心臓を穿ち、蹴りが頭部を吹き飛ばす。

彼女の武器は速度だけでなく、身体自体も強靭なようだ。

縦横無尽に森の中を駆けまわり、確実にオークの息の根を止めていく。

「アイス――っと、人前で氷魔術はだめだった」

イスベルは氷魔術が使えないせいで、安物の剣一本で戦い出した。

魔術が使えないとはいえ、剣を振るえば一撃必殺。

この辺りにいるのは通常のオークばかりで、イスベルの一撃を回避できるだけの実力はない。

剣を振るう度に、山のように死体が積み上がっていく。

『主！　負けてはいられないぞ！』

「そうだな」

俺はエクスダークをオークに対して振るう。

振りごたえのある重量感だ。

これなら確かな威力が期待できる。

そう思っていたのだが、確かに目の前のオークに命中したはずのエクスダークから、まるで手応えを感じない。

空振りか？　ともう一度振ろうとした瞬間。

オークの胸部に線が刻まれ、そこを境目として真後ろにずり落ちていく。

なるほど、切れ味が良すぎるというのも考えものだ。

『お気に召したか？　主』

「……最高だ」

これなら道を切り開ける。

目の前にいるオークを切り伏せながら、俺は進んでいく。

レッドと同等の力を持つ、何者かの下へと。

◆　◆　◆

「うむ？　いつの間にか二人とはぐれてしまったな」

まるで狂戦士のようにオークを惨殺していたイスベルは、いつの間にか誰もいない場所へと来てしまっていた。

どうやらオークの群れを突っ切ってしまったらしい。

森の中に見えるオークの数は、目に見えて数を減らしている。

全滅するのも時間の問題だろう。

「まあ良いか。全滅させれば合流できるだろう」

イスベルは踵《きびす》を返し、再びオークの群れへと戻ろうとする。

そのとき、真後ろから巨大な魔力を感じ取り、彼女は振り返った。

「貴様か、レッドとブルーをやったのは」

イスベルの後ろには、黄色いローブをまとった目つきの鋭い男が立っていた。

敵意を隠すこともなく、ただただ彼女をにらみつけている。

「ブルー？　ああ、あの青いローブの女のことか？」

「心当たりがあるということは、やはり貴様がブルーを殺したのだな」

「っ！」

突如、男の手が閃光を放った。

とっさにイスベルが横に跳ぶと、今までいた場所の土が弾ける。

煙をあげるその足元を見て、イスベルは口を開いた。

「雷属性の魔術か……厄介なものを使うな」

「この速度の魔術を初見で見ぬくとはな……やはり只者ではないか」

「確かに只者ではないつもりだぞ！」

イスベルは剣を持ち直し、真っ直ぐ男をにらみつける。

「……虹の協会、イエロー・トールだ」

「イ——ただのベルだ」

◆　◆　◆

「そらよ！」

レオナがオークの首をへし折った。

これを最後に、彼女の周りのオークは全滅したことになる。

「本当に歯ごたえがない連中だねぇ。やっぱりジェネラルオークくらいのやつとやり合いたいけど……いないいか」

拳を鳴らすレオナは、深いため息をつく。

A級冒険者であるレオナは、駆け出しのときから手に汗握る戦いが好きだった。

お互いの命を削り合うような、熱い戦いを愛していた。

ランクが上がれば上がるほど、クエストの難易度が上がっていく。

それにつれて敵も強くなり、レオナの気持ちも高ぶった。

しかし、今の彼女は萎えきっている。

こんな小物を倒し続けたところで、レオナの飢えは満たされない。

「そんなに強敵と戦いたいなら、あたしが相手してあげよっか！」

「ん？」

レオナの肌がざわついた。

反射的に首を倒すと、彼女の頬に鋭い痛みが走る。

どうやら鋭利なもので切りつけられたようだ。

頬から顎《あご》にかけて血が垂れ、地面に落ちる。

「ややあ！　大きい口を叩くだけはあるね」

「あんた、何者だい？」

レオナは見えない敵に問いかけた。

声は森の様々なところから聞こえてきて、位置が分かりづらい。

身をかがめたレオナは、どこからの攻撃にも対応できるよう神経を研ぎ澄ませる。

「まあまあ、そう警戒しなくてもいいよ。あたしはもうあなたの目の前にいるんだからさ」

風が吹き荒れた。

レオナが髪を押さえ耐えていると、いつの間にか目の前に緑色のローブを羽織った女が立っていることに気づく。

女は心底楽しそうに、指で空中に円を描きながら近づいてくる。

「やあやあ、こんにちは！　あたしは虹の協会のグリーン・アウラ。あなたは冒険者だね？」

「グリードタイガーのクランマスター、レオナだよ。あんたは中々歯ごたえがありそうだねぇ」

「うんうん、歯ごたえはあると思うよ。でも……まずは噛めるかどうかじゃない？」

突風が吹き荒れる。

それにかき消されないほどに響き渡る獣の雄叫びが、森の中に響き渡った。

◆　◆　◆

「二人ともどこへ……！」

「ゴァァァ！」

「邪魔だ！」

先ほどから絶えず襲い来るオークを、一撃で斬り伏せる。

斬っても斬っても数が減らない気がしてきた。

二人のところにも、これだけオークが群がっているのだろうか？

『主、後ろから一際でかい図体の魔物が来ているぞ』

「なに？」

別のオークを斬り捨てながら振り返ると、群れの向こう側に明らかに見た目の違うやつを視認できた。

黒い肌を持った一際巨大なオーク。


「ジェネラルオークだ」

『オークの親玉か？』

「ああ。だけど、あのジェネラルオークを操っている存在が、さらにどこかにいる」

「オオォォォォォォォ！」

ジェネラルオークの咆哮《ほうこう》が、鼓膜を揺らした。

他のオークたちもその声を聞き、さらに凶暴性を増したかのように興奮しだす。

「いつの間にか二つのでかい魔力も、レオナとイスベルの魔力も感じなくなってるな……エクスダーク、お前は？」

『我も感じぬ。おそらく魔力探知を阻害する魔術が使用されているな』

面倒くさい術を使う輩《やから》もいるものだ。

できれば虹の協会の連中は俺が相手をしたかったところだが、こうなってしまえば仕方がない。

「まずはこいつらから片付けるぞ」

『了承した！』

魔力を魔剣エクスダークに流し込む。

赤黒い光を纏《まと》う剣を構え、俺はオークの群れに突っ込んだ。

それにしても、今の俺、禍々《まがまが》しすぎないだろうか？

危うし魔王

「雷砲」

イスベルは地面を転がるようにして、イエローが放った雷の弾丸をかわす。

雷魔術といっても、雷の速度で攻撃できるというわけではない。

性質上、確かに炎の弾などよりは高速で飛ばすことができるが、雷の特色はそこではないのだ。

雷属性の長所は、高圧なエネルギーによる貫通力。

現に、イエローが放った雷の弾丸は、イスベルの後ろにあった木々に大きな風穴を開けていた。

さらに一本だけでなく、はるか遠くにある樹木にまで穴を穿っている。

「これだから雷属性の相手は面倒くさいのだ！」

「あまり褒めるな」

イエローが手を突き出す度に、雷の弾丸が放たれる。

イスベルは何とかかわしているが、所々端がかすり衣服が焦げていた。

「そんなにギリギリで避けていいのか？」

「むっ」

一発が腕にかする。

その瞬間、イスベルの全身に淡い電流が走り、身体を硬直させた。

「ほら、動けない」

雷の弾丸が、イスベルに迫る。

動作が遅れたため、すでに回避できる距離ではない。

「がっ――」

イスベルの腹に、雷の弾丸が直撃する。

閃光が走り、イスベルの身体は貫かれなかったものの、大きく後ろへ吹き飛ばされた。

後方にあった木に叩きつけられたイスベルの腹部の服は消失しており、肌が薄っすら火傷《やけど》を負っている。

「驚いたな。この一撃を受けて貫かれないどころか、その程度のダメージで済んでいるとは」

「当たり前だ。お前の魔術程度で致命傷を負うものか」

「ほう。だが余裕そうにしている割には、思うように身体を動かせないようだが？」

イスベルは舌打ちをした。

雷砲がかすっただけでも、一瞬痺れて動けなかったのだ。

それを身体の中心に受けてしまえば、しばらく動けなくなってしまうのは当然のこと。


「雷砲で殺せないなら、これならばどうだ？」

イエローの手のひらで、放電が始まる。

その放電は徐々に収縮していき、凝縮されたエネルギーを空へと舞い上げた。

「落雷《サンダーボルト》」

空へと舞い上がったエネルギーが解放され、イスベルの下へ落ちてくる。

その威力は雷砲とは桁違いであり、イスベルですら目を見開くほどだった。

何とか回避すべく身体を動かそうとするが、痺れがまだ残っており動けない。

かわすことができず、落雷が着弾する。

木の下に着弾したせいか、煙が発生し木々が燃え始めた。

イスベルの姿は煙に紛れ、見えない。

「ふん、呆気ないものだな。本当にブルーを追い詰めたやつだったのか？」

燃え盛る木の根本から、イエローは眼を離す。

イエローはブルーとレッドの実力を知っていた。

だからこそ、二人を倒したという存在に相対する際、それなりに警戒して臨んだつもりだったのだ。

それが、これほどまで早く決着がついてしまった。

どれほど拍子抜けで、落胆してしまったことか。


「この分では、もう一人の男とやらも大したことは――」

「おい」

「ッ！」

イエローの顔の横を、何かが通過した。

耳の端が少し切れ、イエローは唖然とした様子でその部分を押さえる。

「好き放題いうな。私はまだ負けていない」

「……何だ、これは」

燃え盛っていたはずの木々が、凍りついていた。

木々だけが凍っていたのではない。

炎ごと、燃えていた木がすべて凍っているのだ。

「私の氷の鎧《よろい》を砕くとはな。威力だけは馬鹿にできないようだ」

煙の中にいたイスベルが姿を現す。

その姿は、氷の防具によって覆われていた。

顔から胸にかけての部分だけ砕けており、そこからイスベルの本来の顔と身体が見えている。

「氷だと……!?」

「どこで誰が見ているのか分からない状況で使いたくはなかったが、この際仕方がない。貴様が半端に強いのが悪いのだ！」

イスベルの足元から、冷気が漂い始める。

その冷気は地面を凍らせ、まるで領土を広げるかのように侵食を開始した。

「くっ……」

イエローは氷から逃れるため、イスベルから距離を取る。

「次はこちらから行くぞ！」

イスベルが腕を突き出す。

すると、凍りついた木々の葉っぱが浮かび上がり、鋭利なナイフのようにイエローに襲いかかった。

「雷撃網《サンダーネット》！」

イエローの目の前に、雷でできた網が展開される。

網に氷の葉が着弾すると、バチっという感電する音とともに氷の葉が弾け飛んだ。

「これでは弾かれるか。ならば……」

イスベルは指を一本動かすと、凍りついた木自体が動き出す。

地面から抜けたと思えば、先端の方の氷が砕けていき、尖っていく。

こうして、巨大な氷の槍が完成した。

「アイススピア！」

巨大な槍を、イスベルは真っ直ぐイエローに向けて投げつける。

確かな威力を持った槍は、氷の葉と同じように雷撃網に衝突した。

激しい閃光が発生し、雷が槍を伝って放電する。

しかし、これほど槍が大きく威力があると、この網では弾ききれない。

徐々にその先端が、網を貫いていく。

「ぐ……おぉ！」

イエローが魔力を流しこむことによって、網の強度が上がった。

しかし、それでも槍を止めることができない。

ついに槍は網を貫通し、イエローへと迫った。

網とイエローには大して間がなかったため、この距離でかわすことは難しい。

その証拠に、イスベルの手に命中の手応えが伝わってくる。


「命中したはずだが……」

閃光が収まり、徐々にイエローの姿が見えてくる。

その姿を見て、イスベルは感嘆の声を上げた。

「驚いたな。まさかあの距離で急所を外すとは」

「ぐっ……やってくれたな」

氷の槍は、イエローの脇腹をえぐっていた。

決して浅くない傷であるが、イエローがとっさに身体を捻ったのか突き刺さってはいない。

（あのタイミングで、私が中心を外す？　……もう少し試してみるか）

イスベルは氷の領土をさらに広げる。

領土内に入った木々も、さっきの氷の槍のように氷結し、先端が鋭く加工された。

「これだけの量、かわせるか？」

「化物め」

「よく言われる」

今度の槍は、十本。

イスベルの号令とともに、槍たちは一斉にイエローに向かって襲いかかった。

「くっ……仕方がないな」

槍がイエローの周囲に突き刺さる。

確かに命中するはずの槍だったのだが、イスベルには手応えというものが伝わってこなかった。

これにより、イスベルは確信する。

「雷属性のスペシャリスト……なるほど、やはりできるのだな」

「――基本中の基本だろう？」

いつの間にか、イスベルの後ろにイエローが立っていた。

全身から放電しており、髪の毛が逆立っている。

まるで、今まで彼が使っていた雷の魔術を、内側にとどめているかのように。

「確か、雷電速だったか？」

「知っているなら話は早い」

「何度かこの眼で見たのだ！」

真後ろにいたイエローに、イスベルが新しく作り出した槍たちが死角から襲いかかる。

しかし、再び手応えはない。

かわされたのだ。

現に、イエローはイスベルの真横に立っていた。

「これから貴様が俺に触れることは、ない」

雷の速度の貫手が、イスベルに襲いかかる。

魔王な魔王

雷電速――。

雷属性の魔術を極めた者のみが使用できる、奥義の一つである。

全身に雷を流し、神経と肉体を極限まで強化する技だ。

反応速度、筋肉の動き、どちらも普通に鍛えたのではたどりつけない領域。

それは魔王でさえも、たやすく追いつけるものではない。

「おい！　守ってばかりではどうすることもできないぞ！」

「……っ」

雷を纏《まと》ったイエローの拳や蹴りが、イスベルに襲いかかる。

眼で追えない速度で襲い掛かってくる攻撃は、イスベルでさえかわしきれるものではなかった。

そのため、初めと同じように氷の鎧《よろい》を身にまとい、なんとか防いでいる。

「丈夫な鎧《よろい》だ。しかし……これはどうだ？」

イエローは手を広げ、貫手の形を取る。

雷がその手に集中していき、脅威の貫通力を生み出した。

「一点集中——雷槍！」

神速の貫手は、イスベルの腕による防御を間に合わせず、その鎧《よろい》へと到達する。

それだけにとどまらず、鎧《よろい》を貫き腹部へとめり込んだ。


「手応えあったぞ」

「がっ——」

イスベルは地面を蹴り、大きく後ろに後退した。

寸前で離脱できたため、重要な臓器にまで貫手は届いていない。

しかし傷口からは血が絶えず流れ出し、その傷の深さを物語っている。

「むぅ……やはり厄介だなその能力！」

「よく言われる」

イスベルは自分が負ってしまった二箇所の傷を見て、表情を歪める。

最初の一撃、鎧《よろい》の展開が間に合わず、左胸に傷を負ってしまった。

その傷の方がかなり深く、動く度にイスベルに痛みを与える。

（正面からでは分が悪い……一旦離れるしかないか）

「どうした？　諦めたか？」

「まさか」

イスベルは強く手を合わせる。

その瞬間、辺りの光景に変化が起きた。

「蒸発！」

周囲にあった氷が弾け、突然水蒸気を上げ始める。

足元から水蒸気が上がっているせいで、ほとんど何も見えないほどに視界が塞がってしまった。

「目眩《めくら》ましか……小癪《こしゃく》な真似を」

イスベルはその隙に、近くの木々の裏に隠れた。


「はぁ……はぁ……」

呼吸を整えながら、イスベルはイエローの様子を窺う。

イエローの方はイスベルを見失ったようで、警戒した様子で身構えていた。

「はぁ……はぁ……蒸発はやはり魔力を多く使うな」

魔術によって凍らせたものは、自由自在に操れる。

それがイスベルの氷魔術の特徴なのだが、最終的にはその温度までも操ることができるのだ。

ただし操れるのは水の状態だけで、温度を上げて水にしてしまったり、今のように水蒸気にしてしまうと操れなくなる。

そしてこの温度変化には、大量の魔力を消費してしまうのだ。

「やはり、魔王の心臓を置いてきたのは間違いだったか――」

「いい加減、隠れるのはよさないか？」

イエローの声が響いてくる。

痺れを切らしたのだろう、その手には今までで一番の密度の魔力が溜められていた。

「出てこないのであれば……森ごと破壊するまで」

イエローが腕を振るう。

すると雷が衝撃波のように広がっていき、周囲の木々を焼ききった。


「ぬお！　なんと無茶な男なの！」

イスベルの頭頂部が、チリチリと音をたてている。

数本髪の毛が焼け焦げ、イスベルの頬を冷や汗が伝った。

さすがに焦りで、彼女も素が出始めている。

「ふん、しゃがんでいたか。ならば、今度は低く放つまで」

再び魔力がイエローの手に集約していく。

今と同じことを行おうとしているらしい。

「……仕方がない。あまり得意ではないけど、頭を使うしかないね」

イスベルは木の陰から飛び出した。

それと同時に、腕をイエローにかざす。

「隠れるのは諦めたようだな！」

「いい加減にね！　アイスメテオ！」

イエローの上空に、巨大な氷の塊が現れた。

それは真っ直ぐ地面に落ちてきて、イエローの身体を押しつぶそうとする。

しかし、そんな攻撃が彼に当たるはずがない。

「遅い！」

「まだまだぁ！」

イエローの行く先々に、氷の隕石が落下する。

それでも数の割には命中することがなく、ただただ氷のオブジェクトを形成していくだけであった。

「どれだけ落としてたところで、俺に当たることはない！　魔力の無駄だ！」

「お前に心配されることじゃない！」

何を言われようと、イスベルは氷の隕石を落とすことをやめなかった。

すでに辺り一帯に氷のオブジェクトが立ち並んでおり、お互いの姿が見えないほどの高さまで積み重なっている。

そこまで来て、ようやくイスベルは魔術の発動をやめた。

「……気は済んだか？」

お互いの姿は見えないが、イエローの声が聞こえてくる。

イスベルは無言を貫き、息を潜めるようにしてしゃがみこんだ。

「息を潜めたところで無駄だ。この氷の表面を伝って流した微弱な電流が貴様にも流れ、俺に位置を教えている」

イエローは再び手を貫手の形にし、魔力を流す。

バチバチと放電するその腕には、今までで最大の魔力が込められていた。


「諦めろ」

イエローは地面を蹴った。

空中に跳び上がり、氷のオブジェクトを越えていく。

そうして、イエローが探知した通りの場所にいたイスベルを捕捉した。

「これで終わりだ！」

最後のオブジェクトを飛び越え、空中からイスベルへ飛びかかる。

その様子を見て、イスベルはニヤリと笑った。

「愚か者」

「っ――しまっ」

イスベルは手に矢をつがえた状態の弓を出現させた。

すぐさま放たれた矢は、空中のイエローに向かって飛来する。


「ぐぁっ！」

どんなに速く動けても、雷電速を使用していても、空中を蹴ることができるわけではない。

時を加速させない限り、自由落下の速度は一定なのだ。


「オブジェクトを避けるため、跳び上がったお前が悪い」

何とか空中で身を捻ったイエローの肩に、矢は命中する。

さらにそれだけにとどまらず、そのまま高く積み上がった氷へと縫いつけた。

「くっ……やられたな」

「……」

「だがまだだ、俺はまだ動ける！」

イエローは、自分の肩を貫いている矢を掴んだ。

その矢を引き抜くため、イエローは自分の腕に力を込める。

しかし、抜けない。

「無駄だ」

「ざ、戯言《ざれごと》を！　今に見ていろ！」

「無駄だと言っている。諦めろ」

「ふざけるな！　誰が貴様の言葉など――」

イエローが声を荒らげた瞬間、パキリと何かが砕ける音がした。


「どうだ！　今すぐこの矢を砕いてやる！」

さらに数回、何かが砕ける音が聞こえてきた。

やがて、氷の破片が落ち始める。

イエローは口角を釣り上げ、一際強く腕に力を込めた。

彼が違和感に気づいたのは、そのときである。

「――なに？」

一段と大きな破砕音がすると、ゆっくりと大きな氷の破片が地面に落ちていく。

その破片は、人の腕の形をしていた。

イエローは自分の腕に眼を落とす。

そこには、肘から先の部分がなかった。

断面は氷結しており、血は流れてこない。

痛みすら、ない。

「な……なに……を？」

「氷魔の矢。命中した生物を、内部から凍らせる矢だ」

「ふ、ふざけるな！」

勢い良く声を上げたと同時に、複数の破砕音が響いた。

イエローが恐る恐る見下ろすと、つい先ほどまで軽快に動いていた足が、膝からなくなっていることに気づく。

「や、やめてくれ……」

「……」

イスベルは踵《きびす》を返し、イエローから離れていく。

その後ろ姿に、イエローは叫び散らかしだした。

「助けてくれ！　悪かった！」

「……」

「なんでもする！　だから助けてくれ！　こんなところではまだ死ねないんだ！」

「……何でも？」

イスベルが振り返る。

話が届いたと思ったイエローは、途端に表情を明るくした。

「あ、ああ！」

「それなら、お前たちの目的を教えろ」

「わ、分かった！　俺たちは魔族や魔物、亜人たちと人間が共存できる世界を作るため——」

「そんな綺麗事で騙せると思ったのか？」

「ひっ……」

すでに、イエローが戦意を取り戻す気配はない。

イスベルがひと睨みしただけで、イエローの顔が恐怖に染まった。

今までのふてぶてしさもどこかへ消え去り、促されるまま情報を吐き出していく。

「生物を用いた研究を繰り返し、魔王、勇者よりも強い化物を創りだして、この世を支配する……」

「……」

「そして弱者に力を与え、強者を落とす……そうすることで、世界の秩序を作り変える。革命後の世界では俺たち虹の協会が支配者となり、新たな世界を整えるんだ」

イエローは一呼吸置き、さらに口を開く。

「新たな時代は、俺たちのような元弱者たちの時代だ！　これまで我が物顔で俺たちを踏みつけてきた強者どもを、逆に足蹴にして——」

「もういい」

そこまで聞いて、イスベルは再び踵《きびす》を返した。

「お、おい！　話が違うぞ！　俺はちゃんと話した！」

徐々に進んでいた凍結が、加速する。

皮膚が白くなり、ボロボロと砕けだした。


「待ってくれ！　言うことを聞いたじゃないか！」

「……そうだな。ではもう一つ聞いてもらおう」

「な、何だ⁉」

イスベルは振り返らず、冷たい声でいった。

「来世では、どうか私と出会わないで」

「……い、いやだ……いやだ――」

イエローの叫び声が、途中で途絶える。

巨大な氷のオブジェクトに、人型の氷像が張り付いていた。

イスベルは森へと歩きながら、手のひらを握りしめる。

同時に、あれだけあった氷がすべて砕け散った。

あの、人型の氷像も。

「敵に情けを与えられるほど、私はまだ甘くなれないようだ」

イスベルは少し寂しげな表情を浮かべながら、その握りしめた拳を開いた。

二分間の獣神

「そら！　捕まえた！」

「ぎゃ！」


レオナはグリーンの首を掴むと、そのまま地面に叩きつける。

砂埃が舞い、グリーンは苦しげに呻いた。

「うっ……」

「ほら、降参したら命だけは助けてやるけど？」

「……っ、なんちゃって！」

レオナに向けて、空中から無数の風の刃が襲い掛かってくる。

いち早くそれに気づいたレオナは、すぐさまグリーンの上から離れて距離を取った。

獣特有の感覚の鋭さをいかし、風の刃の間をくぐり抜ける。

「やあやあ、参ったね！　まさかこれもかわされるとは！」

「あんたも大概こざかしいねぇ！　大人しく捕まっちゃくれないかい？」

「うんうん、そう言われても簡単に捕まるわけがないでしょ？」

「だろうね！」

レオナは地面を蹴る。

彼女の武器は、その身のこなしと脚力を活かした驚異的なスピード。

さらにここは森の中。

木々という名の障害物は、レオナの味方をしている。

地を蹴り、木を蹴った。

縦横無尽に森の中を飛び回り、グリーンの死角から襲いかかる。

「もうもう！　その攻撃はさっき見たよ！　ウィンドカッター！」

グリーンは自分の身体を回転させながら、腕を振るう。

その腕の動きに合わせ、魔術でできた風の刃が周囲に放たれた。

風の刃は木を易々切断し、なぎ倒す。

「チィ！」

木々に阻まれ、レオナは足を止めてしまった。

倒れこむ木をかわすことに意識を向け、なんとかかわしきることに成功する。

しかし、同時にグリーンから意識を外してしまった。

「ねぇねぇ！　よそ見はよくないよ！」

「あっ」

「ウィンドブラスト！」

突然至近距離に現れたグリーンは、風の衝撃波をレオナに向けて放つ。

あまりに距離が近いため、レオナですらかわすことは不可能だった。

全身に切り傷を作りながら吹き飛ばされた彼女は、真後ろにあった木に叩きつけられる。

肺から空気をすべて吐き出してしまい、レオナの思考が一度止まった。

「ほらほら！　トんじゃったら避けられないよ！」

「ぐ……」

グリーンは追撃として、確実に肉体を切断する威力を持った風の刃を放つ。

吹き荒れる風に乗った刃が、レオナに着弾した。

「……ほうほう。ギリギリで致命傷は避けたね。すごい！」

「はぁ……はぁ……」

命中の寸前で、レオナは地面を転がって直撃を避けていた。

しかし、肩とふくらはぎを深く斬り裂かれ、血だまりができるほどの出血が起こっている。

特に足へのダメージが深刻だ。

これではまともに歩くことすら困難だろう。


「でもでも、もう終わりかな？」

「そうだね……このままじゃ、あたしは終わりだ」

レオナは木を支えにしながら立ち上がる。

窮地に立たされているはずなのに、レオナの眼はまだ死んでいなかった。

数度呼吸を整えると、強く拳を握りこむ。

「けどね、あたしだってまだ力のすべては見せてないんだよ！」

口の端から垂れてきた血を拭うと、レオナは強く胸を叩いた。

「獣神の鼓動《ビーストビート》」


レオナの鼓動が強くなっていく。

速くなっているわけではない。

しかし、一拍一拍が強く、大きくなっているのだ。

すでに離れた場所にいるグリーンにすら、その音が聞こえている。

「Aランク冒険者とはいえ、あたしはまだ未熟者でね。この状態じゃ二分しか持たないんだ。だから――」

レオナの姿が消える。

地面に落ちた葉が舞い上がり、音が弾けた。


「すぐに終わらせてもらうよ」

「なっ――」

気づけば、レオナはグリーンの隣に立っていた。

とっさにグリーンが離れようとする前に、レオナは拳を突き出す。

まさしく、神速の拳だった。

グリーンでは到底かわすこともできず、その腹部に拳が突き刺さる。

鈍い音がして、グリーンの身体は大きく吹き飛ばされていた。

「がっ……げぇ……」

先ほどのレオナのように木に叩きつけられたグリーンは、膝をついて血を吐き出した。

動くことすらできず、その場にうずくまってしまう。

「そら、もう手加減できないよ！」

「ぎゃっ！」

いつの間にかグリーンの隣にいたレオナは、うずくまる彼女の身体を蹴り飛ばす。

呻き声をあげながら地面をバウンドし、グリーンは再び木に背中を打ち付けた。

「獣神の鼓動は亜人の奥義でね。鼓動を強くすることで魔力の込められた血液を多く送り出し、あたしらの肉体を爆発的に強化してくれるのさ」

「へ、へぇへぇ……初耳だよ、それは」

獣神の鼓動を使用できる亜人は限られているため、グリーンが知らないのも無理はなかった。

さらに言えば、この奥義は爆発的な力を得る代わりに、身体への負担も小さくない。

なるべく使わずに戦闘を終わらせるのが最適解。

実力者であるレオナでさえも、発動は二分が限界であり、それ以上の発動は命に関わる。


（残り一分半……それまでに決着をつける！）

レオナは拳を鳴らしながら、グリーンへと近づいていく。

何とか木に寄りかかりつつ立つことができたグリーンは、ふらふら動きながらも手を突き出した。

「でもでも、ようはあと一分と少し持ちこたえればいいいんだろう？」

「させないよ！」

時間稼ぎをさせないため、レオナは一気に突っ込むべく地面を蹴った。

しかし、突如彼女の身体は大きく弾かれることとなる。


「何だ⁉」

吹き飛ばされたレオナはすぐに体勢を整え着地したが、その眼には異様な光景が映っていた。

「時間稼ぎはあたしの得意分野でね！　この魔術、突破できるなら突破してみなよ！」

レオナの目の前には、いくつもの竜巻が出現していた。

風の高速回転は何者の接触も許さず、触れたものを弾くほどの密度がある。

それがこの場にいくつも出現していたのだ。


「また厄介なことをするねぇ」

「まあまあ、戦略的でしょ？　これであなたのご自慢のスピードは使えない！」

残り一分。

もしこのまま時間だけ過ぎていけば、時間切れでレオナは敗北する。

獣神の鼓動が消費する魔力と体力は、他の魔術と違うのだ。

二分以内に解除することができても、その後も戦えるわけではない。

「スー……」

レオナはゆっくり息を吸った。

竜巻は向こうから襲いかかっては来ない。

息を整え、大きく吸った後にぴたりと止める。


「獣神拳――――」

一度の踏み込みとともに、レオナは拳を突き出した。

竜巻が拳の直線上に集中し、威力を分散しようとする。

しかし、獣神拳は空気を殴り、衝撃波を発生させる技だ。

竜巻は吹き飛び、風が止む。

自分の魔術が破られたため、グリーンは眼を見開いた。

一瞬でも隙があれば、レオナにとっては十分である。


「終わりだよ」

「ま、待って――」

高速で近づいたレオナの拳が、深々とグリーンの身体にめり込んだ。

霊獣と対峙《たいじ》する勇者

俺はジェネラルオークの腕をくぐり抜け、低い姿勢からその脇下を斬り上げる。

柔らかい肉の感触から、硬い骨を断つ感触が手に伝わった。

そのまま振りきり、ジェネラルオークの腕を斬り飛ばす。


「オォォォォ！」

「おっとっ……」

痛みに絶叫を上げたジェネラルオークは、残った方の腕をがむしゃらに振ってきた。

巨大な岩石ですら砕くであろう豪腕だが、精度をなくせば避けるのは容易い。

膝を折ってかわし、隙だらけの太腿を斬りつける。

しかしあまりに筋肉が分厚く、切断まで至らない。

これは刃が通りにくいなどということではなく、純粋に刀身の問題だ。

魔剣エクスダークは両手剣というには短く、片手剣というには長い刀身を持っている。

もう少し深く踏み込まねば、致命傷を与えることは不可能だ。

『あとはこいつだけだというのに、しぶといのう』

「本当にな！」

ジェネラルオークは怒り狂い、残った腕を何度も何度も俺に向かって繰り出す。

これでは斬りこむ隙すら見いだせない。

『主！　まずは距離を取れ！』

「分かってる！」

勢い余って拳を地面に叩きつけた瞬間を狙い、俺は後退した。

お互いの間合いから大きく外れ、にらみ合いが始まる。

『ジェネラル……将軍という名前がつくだけのことはある。やつも決して弱くはないぞ。どうする？』

「方法がないわけじゃないが……それにはお前に頑張ってもらう必要があるな」

『誰に物をいっているのだ！　剣という立場において、我が主の願いで叶えられないものはないぞ！』

「上出来だ」

俺は呼吸を整え、エクスダークに魔力を流し込む。

エクスダークは黒いオーラを吐き出し始め、膨大なエネルギーを貯めこみだした。

『ぬおぉぉぉぉぉ！　こんなにたくさんの魔力初めてじゃ！』

「壊れるなよ！」

『別の意味で壊れそうじゃぁ！』

大変嬉しそうな声を上げているが、剣が甘い声を出していると思うと気味が悪い。

「というか、この黒いオーラなんとかならないか？」

『かっこいいじゃろ？』

「禍々《まがまが》しいのは好きじゃないんだが……」

『我は漆黒の魔剣！　エクスダークじゃぞ!?　そんな我が黒い力を放出しなくてどうする――』

「もういい。どうしようもないことは分かった」

気分は乗らないが、仕方がない。

今は、これだけの力を込めても壊れないエクスダークの性能を喜ぼう。

さすがは魔剣。

まだ余裕がありそうだ。

「オオォォォ！」

「お前の顔も見飽きたぞ」

エクスダークを振った。

この距離でも、魔力を込めた斬撃ならば届く。

黒い線がジェネラルオークに届き、その身体を斜めに両断した。

ずるりと身体がずれ、今までのオークたちのようにジェネラルオークも地面に沈む。

『いっちょ上がりだのう！』

「ああ。あとは他のやつらが――」

俺はまず、レオナの方へ増援に行くため振り返る。

そちらへ走りだそうとすると、その方向から何かがこちらへ飛んできていた。


「あぶなっ」

横に飛び退いてかわすと、それは地面を数回跳ねた後、木に叩きつけられて止まる。


「ごぶっ」

驚くことに、その何かは緑色のローブを着た人間だった。

口から大量に血液を吐き出し、力なくうなだれている。

「おや？　そっちも終わってたのかい」

「レオナ――って、何か雰囲気が違うな」

「今ちょっとパワーアップ中でね、もう少しで効果が切れるか……ら……」

「おっと」

レオナの雰囲気が元に戻り、力が抜けて崩れ落ちそうになる。

慌てて支えるが、つかんだ腕の筋肉が硬直していたことから相当酷使したのだろう。

全身から汗が吹き出し、疲労が溜まっていることが窺えた。

「悪いねぇ……ほんとはまだもう少し時間があったんだけど、あいつの魔術を吹き飛ばすために力を使いすぎて……」

「よく分からないけど、今はゆっくり休め」

俺はレオナを木の陰まで連れて行き、寄りかからせる。

気づけば、絶えず響いていたオークたちの叫び声が聞こえなくなっていた。

冒険者たちの魔力の反応は大分残っているため、もう決着はついたと言っていいだろう。

あとはイスベルを待つのみだ。

探ってみれば、まだ大きな魔力と戦闘中なのが確認できる。

イスベルにしては調子が悪そうだが、まあ……大丈夫だろう。

魔王だし。

「さてと」

俺は緑色のローブの女に近づいていく。

呻き声を上げているため、まだ生きていることは分かっていた。

今のうちに聞けるだけ情報を聞いておこう。

「――うちの仲間に手を出さねぇでもらおうか」

「っ！」

突然飛来した火炎弾を、反射的にかわす。

着弾した場所から火柱が上がり、木々の葉を少し焼いた。


「……レッドか」

「また会えたなぁ、一般人」

レッドは木の上に座っていた。

そこから赤いローブを翻して飛び降りたレッドは、ゆっくりと俺の方へ近づいてくる。

「ずいぶんと魔力が減っているな」

「てめぇのおかげでな。再生すんのにも魔力が必要なんだよ」

レッドの魔力が前回から格段に下がっているのは、そのせいか。

『この緑色の仲間か？　ここで殺した方が良いと思うのじゃが』

「殺せるならな」

あのときは、レッドが俺を殺すために力を使っていた。

しかし、それをすべて生き延びるためだけに使われたら、これほど厄介な敵はいない。

それだけあの再生力は驚異的だ。


「俺が炎のスペシャリストじゃねぇってことには気づいたみたいだな」

「あれだけの再生力を見せられたら、再生力のスペシャリストだけであってほしいって思っただけだよ」

「なるほどな。つくづく掴めねぇ男だ」

「初めて言われたよ」

レッドはため息を吐くと、女の方を一瞥《いちべつ》する。

「こっぴどくやられたようだな、グリーン」

「がっ……れ、レッド……？　よかったよかった、助けてよ！　キミの力で傷を治してもらったら、また戦える！」

「そうだなぁ」

レッドは手をグリーンに向ける。

まさか、人の傷まで再生できるのか？

「ほらよ」

「やあやあ！　ありが――え？」

赤い炎がグリーンと呼ばれた女に灯る。

それは全身に燃え広がり、瞬く間にグリーンを火だるまにした。

その炎は彼女の傷を――治すことはない。

「あ、熱い熱いっ！　なんで⁉　どうして⁉」

「喋り出しを繰り返す癖は、そんなところにもあるんだな」

肉の焦げる香りが、辺りに充満していく。

どういうことだ？　なぜ彼女を攻撃する？

「役立たずは始末しろ。ロイの旦那からの命令でな」

「な……ロイ様が……」

「じゃあな、緑っ子」

「いやぁぁぁぁぁぁ！」

女の悲鳴が響く。

しばらく悶え苦しむと、グリーンは徐々に動かなくなった。

木の根もとに残っていたのは、もう人型の炭でしかない何かだ。

「……仲間だったんだろ？」

「前は、な」

レッドはグリーンの死体に近寄ると、その身体に腕を突き刺した。

その腕を引き抜いたレッドの手には、緑色の石が握られている。

相当な魔力が込められた魔石だな。

「こんなもんに頼らなければ、まともに戦えすらしなかったくせになぁ」

まるで馬鹿にしたように笑うレッドは、それを握りしめ、こちらに顔を向けた。

「こいつは属性の魔力が込められた魔石でねぇ。埋め込んだ者に絶大な力を与える。だが一度砕ければ――」

レッドはその魔石を砕いた。

内包された魔力が、爆発的に放たれる。

それは確かに風の属性を含んでおり、突風を発生させた。

「また会おうぜ、一般人。てめぇとは、しっかりと決着をつける」

「逃げるのか」

「俺の能力は熱苦しいくらいだが、頭の中はわりかしクールでね。この状況で勝てるだなんて思っちゃいねぇさ。潔く逃げさせてもらう」

レッドは炎の翼を生やすと、数度羽ばたかせる。

俺はエクスダークに力を込めた。

ここで逃したら、俺の平穏はまた先になる可能性がある。

せめて瀕死《ひんし》にすることさえできれば。

そう思い、俺は斬りかかった。

「おせぇよ」

炎が舞い上がり、視界が一瞬塞がる。

さらにその炎が吹き飛んだかと思えば、レッドの体は宙に浮いていた。

「じゃあな」

「——誰が逃がすか」

足元を、冷気が駆け抜ける。

気づけば、地面から延びる氷がレッドの足へと延びていた。

まるで氷の腕に足を掴まれたかのような構図になったレッドは、憎々しげに森の中をにらむ。

「てめぇ……チッ、イエローまでやられたのか」

「手ごわかったぞ、お前の仲間は」

「死んだやつは仲間じゃねぇよ」

レッドの足に炎が灯った。

このまま溶かして脱出するつもりだろう。

けど、もう遅い。

「ナイスだ、イスベル」

一蹴りで、レッドの下へと肉薄する。

同時に、エクスダークを真っ直ぐ突き出した。

肉を貫く感触が、確かに伝わる。

「レッド、決着はここでつけるぞ」

「ああ……残念だぜ」

レッドの全身から炎が吹き出す。

だが、この程度で逃がすわけにはいかない。

「てめぇらは、ここで俺を殺せねぇ」

「っ！　アデル！　避けろ！」


悪寒がした。

横目に周囲を見れば、風の塊がこちらに向かってきている。

とっさにエクスダークを抜き、地面へ離脱した。

風の弾丸を放った犯人は、周囲を突風で揺らしながら、この場に現れる。

「風の魔石に閉じ込められていた霊獣だ。さあ、まずは生き延びてみせろ！」

イスベルの氷を完全に溶かしきったレッドは、空へと消えて行く。

厄介なものを残されたもんだ。

目の前には、緑色の毛を持つ巨大な怪鳥がいる。

風を発生させながら、怪鳥は俺たちに敵意を向けていた。

いや……これは俺たちにというより、すべてにか。

「うむ。ご機嫌斜めだな、あの鳥」

「ああ。怒りに任せてすべて吹き飛ばすつもりだ」

「このまま放っておけば、森どころか街を襲いかねないぞ。行けるか？　アデル」

「それなりに。俺はほとんど魔力を使ってないからな。お前は？」

「私は厳しい」

「本当か？　あのお前が？」

「うむ……こっちにも事情があるのだ」

イスベルは話しにくそうに指を弄《もてあそ》んでいた。

理由はよく分からないが、今聞いてる時間はなさそうだし、またイスベルが話せるときに話してもらうとしよう。

「エクスダーク、あいつ斬れるか？」

『誰に物をいっておる！　我に斬れぬものはない！』

「なら大丈夫か」

俺は怪鳥の前に立つ。

もう勇者ではないが、化物退治は専売特許だ。

少しくらい、過去の経験も役立てよう。

生還する勇者と魔王と冒険者

「イスベル、お前はレオナを連れてここから離れろ」

「サポートはいらないか？」

「ああ、大丈夫だ」

頷いたイスベルは、レオナの下へ駆け寄って行く。

これで思う存分戦えそうだ。

俺はエクスダークを構え、まずは冷静に怪鳥を観察する。

『ずいぶんと風の膜が厚そうじゃのう。これでは我を当てても、風に威力を流されてしまいそうじゃ』

「そうだな。お前に魔術を無効化する能力とかないか？」

『ふっ、誰に物を言っておる！　我にそんな能力はない！』

「なっ……いのか」

少しでも期待して損した。

霊獣は翼をはためかせ、口の中に魔力を貯め始める。

あれはまずいな。

「イィィィィィ！」

『来るぞ！』

口元から放たれたのは、風属性の魔力が固められた砲弾だった。

俺は横に跳び、直撃を免れる。

しかし着弾した部分が大きく削れ、さらに内包されている魔力が弾け飛ぶかのように、風の刃が周囲に放たれた。

「くそっ」

こんな副産物があるとはな。

俺は転がるようにして木の陰に隠れた。

辺りの木々や枝が簡単に切断され、散らばっていく。


『ひゃー！　派手じゃのう！』

「あいつ、霊獣とか言ってたな……」

『むかーしに聞いたことがあるのう。確か、それぞれの五大属性神の使いじゃったな。どこかの祠に閉じ込められていると聞いていたが……』

「虹の協会の連中が引っ張り出してきた可能性があるな」

『いや、霊獣は実体を持たぬし、魂はすべて神の袂《たもと》にある――と聞いた。やつを殺したところで、この世界とのつながりが切れるだけじゃろう』

「だったら思いっきりやっても咎《とが》められることはないいな」

『そういうことじゃ！』

俺は木の陰から飛び出して、霊獣に向かって駆け出す。

霊獣は先ほどと同じ攻撃を二度、三度と繰り出してきた。

連続で撃てるとは聞いてなかったが、一度見た攻撃であれば――。


「避けられる！」

風弾をかわし、追加効果である風の刃もくぐるようにしてかわす。

すぐさま距離を詰め、俺は霊獣に向かって跳びかかった。

剣の間合いに入った瞬間、俺はエクスダークを叩きつけるように振る。

エクスダークは確かに霊獣の翼を切り飛ばす軌道を描いていたのだが、霊獣を守っている風の鎧《よろい》がそれを阻んだ。

剣の腹が風に押し出され、軌道を逸らされる。

真っ直ぐ攻撃しても、この風の鎧《よろい》がある限りはまともに当てることすら難しい。

『羽ばたきがくるぞ！』

「ああ！」
俺はエクスダークに魔力を流しこんだ。
黒いオーラを吐き出し始めたことを確認し、霊獣の羽ばたきに合わせて振る。
暴風と黒い斬撃がぶつかり合い、激しい衝撃を発生させた。
地面に叩きつけられる寸前に受け身を取り、俺はすぐに体勢を立て直す。
霊獣もただでは済まなかったのか、空中で身体を揺らしていた。
『やるなら今じゃな』
「分かってる」
俺は今までで一番の量の魔力を、エクスダークに注ぎこんだ。
闇のオーラも一段と多く吹き出し、俺の周囲が黒く染まる。
『ぬおぉぉぉぉぉ！　我壊れちゃうウゥゥゥゥ！』
「耐えろ！」
『頑張るぅウゥウ！』
甘美な声をあげるエクスダークだが、どことなく苦しげだ。
正直にいうと、俺も少し身体が軋《きし》んでいるのを感じている。
エクスダークが重く感じ、まるで重力が数倍になったかのようだ。

「けどこれなら……！」

「キィィイ！」

霊獣はようやく体勢を立て直したようだ。

しかし、もう遅い。


「うおぉぉぉぉ！」

エクスダークを振り下ろす。

何度か使って分かったことだが、エクスダークには魔力効率を跳ね上げる効果がある。

一の魔力を注げば、十の威力を発揮するようなものだ。

つまり、これだけの魔力を注げば――。


「……マジか」

黒い斬撃が放たれたかと思えば、それは真っ直ぐに霊獣を両断した。

まるで、風の鎧《よろい》などなかったかのように。

それだけにとどまらず、斬撃は森を分断させるかのように進み、ほとんど見えなくなった頃にようやく霧散した。

『ふぅ……』

「もう少し少なめでもよかったな」

『我は気持ちよかったがな』

「聞きたくなかった」

霊獣は地面に落ちると、緑色の粒子となって消えていった。

周囲の風も止み、木々の揺れが収まっていく。

細かく葉などが擦れる音は聞こえるが、むしろその程度では静寂とすら思えた。

俺はエクスダークを鞘《さや》に戻すと、冒険者たちが集まっている方角へと歩き出す。

今日はもう、かなり疲れた。

◆　◆　◆

「ああ、グリーンのやつは始末した。イエローの方は俺が手を下す前にくたばってたぞ」

アデルたちがいる森から、かなり離れた森の中。

レッドは木の根元に寄りかかりながら、魔石に向かって何か話しかけていた。

「二人をやったやつ？　ああ……おかしな二人組だったぜ。イエローの方は冒険者にやられたみたいだが、実際あの場で立ってたのはそいつらだ」

しばらくとつとつと会話をしていたレッドだが、突然眉間にシワを寄せることになる。

「あ？　確かにそんな見た目だったけどよぉ……何笑ってんだ？」

レッドが疑問を投げかけると、一言、二言返事が来る。

その言葉にため息をつき、レッドは再び口を開いた。

「はいはい。あんたには逆らわねぇよ。すべてはリューク・ロイ様の言う通りってな」

魔石をしまったレッドは、立ち上がり歩き出す。

その顔は少し不機嫌気味で、歩き方も荒い。

「こんな面倒クセェ組織なら、入らなければよかったぜ」

レッドは森の中に消えて行く。

彼がいた木の根元には、少し焦げた葉たちが残っていた。

◆◆◆

時間は進み、俺たちは馬車で町へと戻ることができた。

死傷者が数名出てしまい、その始末のためにグリードタイガーの連中は駆りだされたようだ。

あれだけ奮闘したのにまだ動けるとは、本当にタフな連中である。

レオナは意識は取り戻したものの、全身筋肉痛で動くことができないとのこと。

主要人物が動けないということで、報酬の受け渡しは明日になった。

「ってのが、ことの顛末《てんまつ》だ」

「やはり襲撃してきたか、虹の協会」

俺はクエスト終了後の足で、再びシルバーの下を訪れていた。

虹の協会についてのことだけでも報告しておきたいと思い、少し疲労の残る身体に鞭《むち》を打っているわけである。


「レッドはロイって人物の名を呼んでいた。もしかしたら、ボスの名前かもしれない」

「ロイか……貴様、ロイ・ジー・ビブって言葉を知っているか？」

「ん？　いや、心当たりはないけど」

「ロイ・ジー・ビブとは、虹の七色であるレッド、オレンジ、イエロー、グリーン、ブルー、インディゴ、ヴァイオレットの頭文字を合わせた言葉だ。ロイという名前が出てきた以上、確定かと思ってな」

「……なるほど」

これまでで遭遇したのは、レッド、ブルー、イエロー、グリーン。

残りはオレンジ、インディゴ、ヴァイオレット。

それと、ロイ、ジー、ビブ。

「色の名前の他に、三人の人物が協会に関わっている可能性がある。かなり大きな情報であることは間違いない。これは大きく捜索が進展しそうだ。ご苦労であったぞ」

「どうも。あとこれ」

「む？」

俺はシルバーの目の前に、黄色い石を転がす。

「それはイエローってやつの身体に埋め込まれていたものだ。グリーンの中にあった緑の石はレッドに砕かれたけど、これだけは回収する暇がなかったみたいだな」

「強い魔力を感じるな……何だこれは」

「なんでも、霊獣が閉じ込められているらしいぞ」

「霊獣だと⁉」

シルバーは眼を見開き、その石を手に取った。

相当驚いている様子だ。

実際戦って強さを知った今なら、その反応も頷ける。

「……霊獣の力を使っているとなれば、虹の協会の戦力は予想よりも大きい可能性がある。この石をすぐにギルドへ引き渡せ。石の研究、霊獣の解放、やることは山積みだからな」

「あ、ああ。分かった」

俺は返却された黄色い石を受け取り、懐にしまいなおす。

シルバーは深刻そうな顔で、少し考えこみ始めたようだ。

しばらくして、ようやくシルバーは口を開く。

「貴様はこれからどうする？　やることがなければ、私たちとともに虹の協会を追ってくれぬか？　報酬は弾むぞ」

「悪いけど、村に帰る予定なんだ」

「村？」

「ああ。金が貯まったからな、田舎に帰るんだよ」

「……そうか。まあ仕方があるまい。家臣の休暇を許すのも、王の役目だ」

「はいはい、ありがたき幸せ」

俺は踵《きびす》を返し、シルバーのクランハウスを離れる。

シルバーはギルドのため、町のために戦うことができる善良なやつだ。

できれば助けになりたいという気持ちはあるが、このままでは本来の目的を見失ってしまう。

ここで引くのが、得策なんだ。

クランハウスを出れば、そこにはイスベルが立っていた。

「終わったか」

「ああ。後は石をギルドに届けて、宿へ戻るぞ」

「明日でこの町と離れなければならんのか……」

「報酬をもらったらな。初めからそういう予定だっただろ？」

「そうなんだが……こう寂しいものを感じてしまってな」

少し分からないでもない。

この町ではいくつかの出会いがあった。

親しい仲……とまではいかなかったかもしれないが、知った人間ができると別れは必然的に寂しくなる。


「……また来ればいいさ」

「！　いいのか⁉」

「俺と一緒ならな。俺も、この町に残してしまったものがいくつかあるし」

「あ、ありがとう！　アデル！」

「うおっ！」

イスベルが抱きついてくる。

人気がなかったから良かったものの、名前まで呼んでるし――まあいいか。

冷酷な魔王とは思えない確かなぬくもりを感じながら、俺は少し笑った。

レッドを含めた虹の協会のことなど、考えなければならないことはたくさんありそうだが……今はいいだろう。

しばらくは、平和なスローライフを楽しませてもらおうと思う。

新たな仲間とともに。

『おい小娘！　我が主に媚《こび》を売るでない！』

「こ、媚《こび》だと⁉　私はただアデルに感謝の意を表しているだけだ！」

『女の武器を最大限に使っておるではないか！　ええい主！　我のことも強く抱きしめろ！』

「剣を抱きしめてどうするのだ！　このマヌケな剣！　略してマ剣め！」

『な、何ぃ⁉』

……訂正。

このやかましい仲間たちとともに。

社畜《しゃちく》勇者《ゆうしゃ》、仕事《しごと》辞《や》めるってよ①

2018年10月2日　第1刷発行

著者　岸本和葉《きしもとかずは》
発行者　稲垣潔
発行所　株式会社双葉社
〒162-8540
東京都新宿区東五軒町3-28
電話　03-5261-4818（営業）
03-5261-4851（編集）
http://www.futabasha.co.jp
（双葉社の書籍・コミック・ムックが買えます）
印刷・製本所　三晃印刷株式会社
フォーマットデザイン　ムシカゴグラフィクス

落丁・乱丁の場合は送料双葉社負担でお取り替えいたします。「製作部」あてにお送りください。

ただし、古書店で購入したものについてはお取り替えできません。

［電話］03-5261-4822（製作部）

定価はカバーに表示してあります。

ISBN978-4-575-75220-5　C0193
Printed in Japan

Mき02-06